Collection A.-L. GUYOT, 51, Rue Monsieur-le-Prince, PARIS.

20 Centimes — Algérie, Colonies et Étranger : 25 Centimes (Port en plus)

VENGEANCES CORSES

OUVRAGES DU MÊME AUTEUR

En vente dans les Bureaux

DE LA

Collection A.-L. GUYOT

Histoire de la Corse, *écrite pour la pre-mière fois d'après les sources originales.*
Prix . . . . 3 fr. 50

Le Nid de l'Aigle, Napoléon, sa patrie, son foyer, sa race, *d'après des documents inédits.* Prix . . . . 3 fr. 50

La Vendetta dans l'Histoire. . . 0 fr. 65

VENGEANCES CORSES

CHRONIQUES ET RÉCITS

RECUEILLIS PAR

Colonna de Cesari Rocca

PARIS

Collection A.-L. GUYOT

51, rue Monsieur-le-Prince, 51

VENGEANCES CORSES

LA VENDETTA

« *Prima lex est ulcisci* — La première loi du Corse est de se venger », dit un vieux distique anonyme attribué à Sénèque probablement à tort, mais en tous cas fort ancien. Un Corse du moyen âge auquel on ne saurait reprocher de ne pas aimer sa patrie dont il fut plus l'apologiste que l'historien (*Petrus Cyrnœus*) écrivait :

« Les Corses aiment les factions et ont soif de victoires ; avides de vengeance, s'ils ne peuvent l'obtenir ouvertement, ils emploient des embûches, la ruse et tous les modes d'artifices pour atteindre leur but. »

« Qu'il soit vivant, qu'il soit mort, redoute le Corse qui n'a pas satisfait sa vengeance », dit un proverbe italien du XVIIe siècle.

Et Stendhal :

« Ils ne songent qu'à deux choses : se venger de leur ennemi et aimer leur maîtresse. »

Ces quatres jugements portés en des siècles bien différents sur la caractéristique essentielle des mœurs corses serviront d'épigraphes aux pages qui vont suivre.

La tendance de l'homme à se faire justice soi-même est instinctive. Par loi de nature il écarte ou détruit tout obstacle à sa conservation ou à son bien-être. Si un accident lui arrive, si un malheur le frappe, les causes de cet accident, de ce malheur lui seront toujours un souvenir pénible, même si ces causes sont d'ordre matériel. Mais quand la catastrophe dont il a été victime a pour auteur un être conscient qui, volontairement, a provoqué sa douleur ou son mécontentement, qui, ensuite, a tiré de son succès une *satisfaction* outrageante pour lui, l'homme veut à son tour la *satisfaction* adéquate qui ne se peut obtenir que par une souffrance égale ou supérieure chez celui qui l'a offensé. Quand la société préside à cet acte de compensation, c'est la justice ; sinon c'est la vengeance.

Mais il est rare qu'un équilibre absolu soit établi entre le crime et la sanction exercée par la justice individuelle, c'est-à-dire par la vengeance. Celle-ci, d'ailleurs, eût-elle strictement observé la loi du talion « dent pour dent, œil pour œil », il est certain que celui qui est frappé par cette condamnation n'en appréciera pas l'équité. Si son adversaire a été juge et partie, lui s'est trouvé accusé et partie. A dater de l'exécution de la sentence mentalement prononcée, les rôles s'intervertissent et l'accusé, le condamné de la veille, devient juge à son tour. C'est la *vendetta.*

La justice individuelle des Corses ne connaît qu'une pénalité : la suppression, c'est-à-dire la mort. Il est rare qu'elle soit précédée de cruautés inutiles. La haine même ne préside toujours pas à ces sanglantes exécutions dont le préjugé a fait un devoir. « La haine, dit Balzac, est le vice des âmes étroites, elles l'alimentent de toutes leurs petitesses, elles en font le prétexte de leurs basses tyrannies. La vengeance est l'effet d'une loi à laquelle obéissent les grandes âmes. Dieu se venge et ne hait pas. » N'a-t-on pas vu un bandit offrir deux

de ses cartouches à un homme que ses repré-
sentations et ses prières ne pouvaient empêcher de se déclarer son ennemi, en acceptant
deux des siennes, et lui dire les larmes aux
yeux :

— Puisque tu le veux, eh bien ! que la destinée s'accomplisse ! nous sommes en guerre :
à partir de demain, garde-toi !

On conçoit par ce qui précède que la vendetta
ne peut pas être restreinte dans ses effets à
deux individus seulement. C'est une guerre de
famille à famille ; après chaque exécution, un
nouveau justicier se lève parmi les proches de
la victime. Le sang appelle le sang. Ces duels
qui mettent en présence des races entières duraient parfois pendant plusieurs générations.

En Corse tout acte est producteur d'autres
actes d'une importance égale ou supérieure :
et cela provient de ce que nul ne conçoit de la
part d'un autre un mouvement, un geste irré-
fléchi. Si le germe de ce mouvement, de ce
geste échappe à son discernement, son inquié-
tude se manifeste par une défiance dont il ne se
départira qu'avec peine.

Tous les peuples du Midi sont enclins à l'oi-

siveté. Le Corse ne fait point exception ; sa
sobriété se contente des produits qu'une terre
favorable fournit sans exiger trop d'efforts.
Mais alors que les populations méridionales,
baignées de soleil, respirent la gaieté et la joie,
le Corse est méditatif et presque taciturne ; son
isolement entre la mer et la montagne ont dé-
veloppé chez lui le penchant à la réflexion. Sans
contact avec les civilisations extérieures, avec
les sciences, les lettres, les arts, en un mot avec
tout ce qui aurait pu mûrir le génie naturel de
la race, son cerveau, par une activité contras-
tant avec l'oisiveté de ses membres, s'arma
pour la lutte, acquit les qualités et les défauts
exigés pour la défense de l'homme en société.

Suivant un écrivain continental (1), auquel
nous devons l'ouvrage le plus judicieux qui ait
été écrit sur notre île, le Corse est « naturellement porté vers la justice, mais lorsqu'elle
frappe au dehors de sa famille ; fort de raison
et de logique lorsqu'il est désintéressé dans ses
jugements ; sophiste lorsqu'il s'agit de ses pro-

---

(1). Robiquet. *Recherches historiques et statisti-
ques sur la Corse.*

pres intérêts ; d'une grande pénétration d'esprit ; curieux comme une femme des affaires des autres, extrêmement secret sur ce qui le concerne. Il abhorre le mensonge, et souvent n'aime pas dire toute la vérité : ce qui le rend parfois contraint et embarrassé en société. Il est taciturne par caractère, réservé par prudence, soupçonneux et méfiant en public, expansif au sein de l'amitié. »

Le Corse a une haute opinion de soi. En principe, il est rebelle à tout esprit de hiérarchie. Nous verrons plus loin ce qui a fait de la Corse le pays du monde où les inégalités sociales sont le moins sensibles. Contentons-nous pour l'instant de le constater. Le dernier paysan corse traite d'égal à égal avec ses compatriotes et les étrangers le plus haut placés. Un sous-préfet de la Restauration, qui séjourna en Corse assez longtemps pour connaître le pays et ses habitants, raconte que le berger insulaire aborde avec hardiesse des inconnus, s'enquiert de ce qui les concerne, et entame avec eux des discussions politiques. Enfin il le dépeint comme très curieux. Un autre écrivain prétend qu'il y a dans son cas moins de curiosité que d'orgueil. « Ce Corse, ajoute-t-il, dans cet entretien, ne veut prouver autre chose, sinon que, dans son humble position, il comprend les questions les plus élevées, et, tout en vous parlant, il a la conviction que si le Ciel l'eût fait naître riche ou favorisé par les circonstances, il serait devenu un homme supérieur. »

Les Corses ont bonne opinion d'eux-mêmes, non seulement comme individus, mais comme peuple. Quoique jaloux les uns des autres, ils ont de leurs concitoyens les idées les plus avantageuses. Ce sentiment a été justifié par la fortune rapide des Corses qui abandonnèrent leur patrie pour courir les aventures. Presque toutes les familles ont eu un ou plusieurs membres qui se sont élevés à un rang supérieur. Tous les villages ont leurs gloires locales, dont l'honneur rejaillit sur la parenté qui est nombreuse, car on conserve le souvenir des alliances et des origines pendant bien des générations. Avec le temps, les exemples de fortune se sont multipliés. Cette fortune, tous les Corses l'espèrent et la visent ; la mauvaise fortune, tous les Corses la veulent dompter.

Souvent la confiance en soi, la présomption même servent à merveille l'ambition qui n'est pas complètement dénuée de mérite. C'est elle qui lui inculque l'art de tirer profit des événements. Le Corse ne doute pas de son jugement: pour lui, tout fait auquel il a prêté son attention est utile ou nuisible : s'il est nuisible, il doit en amoindrir la portée ou en empêcher le retour ; s'il est utile, il doit s'en servir.

Donc, toute pensée provoquée par des circonstances ambiantes est propre à engendrer un acte. Cette sensibilité quand elle est poussée à l'excès, cette perspicacité quand elle est faussée — et le cas est fréquent — deviennent de la susceptibilité. L'esprit de clan, la solidarité des membres d'une famille font le reste.

Ainsi naissent les *vendette* ; pour des causes graves parfois, futiles le plus souvent. Vers 1825, le village de Levie (arrondissement de Sartène) fut troublé par une grave inimitié entre deux familles. En voici la raison :

Un coq s'était échappé de sa basse-cour. Sa propriétaire vint le réclamer à la voisine qui avait hospitalisé, peut-être sans le savoir, le volatile fugitif. Celle-ci refusa tout d'abord de se livrer à une enquête, cependant sur les instances d'un prêtre qui avait vu le coq passer d'un jardin dans l'autre elle consentit à visiter son poulailler. Furieuse de la forme de restitution, la propriétaire de la bête tordit le cou de l'animal et le jeta à la figure de l'autre femme, en lui disant : « Puisque ce coq est à toi, mange-le. » Les hommes accoururent, on déchargea les fusils, un enfant fut tué. Les représailles durèrent deux ans.

Vers 1880, un individu nommé Rocchini trouva son chien expirant sur la route devant la maison Taffani. Le lendemain, il assommait un chien des Taffani. Quelques jours se passent. Cette fois, ce n'est plus un chien, c'est un Rocchini que l'on trouve mort. Un Rocchini vaut un Taffani. La lutte commence, Rocchini par ci, Taffani par là, ainsi de suite jusqu'à ce qu'il n'en reste plus qu'un seul — c'était un Rocchini, on le guillotina sur la place publique de Sartène.

Alors que dans tous les pays, les guerres privées ne survenaient qu'entre gens appartenant aux classes supérieures, chaque individu en Corse nourri d'un sentiment égalitaire, fort de son indépendance personnelle, encouragé par les ressources que la nature mettait à sa disposition, adopta l'habitude de se faire justice soi-même. Ce droit que la morale traditionnelle ne contestait pas fut bientôt un devoir.

Dans d'autres pays, la société *épousa la querelle*, si l'on peut s'exprimer ainsi, de celui qui avait été lésé dans sa personne, dans son honneur ou dans ses biens. Ainsi naquit la justice. Bien ou mal rendue, elle inspira assez de terreur aux masses pour réduire considérablement le nombre des homicides et faire du meurtre un crime *aristocratique*. Sur le continent, il y eut des répressions capables de faire réfléchir ceux qui étaient à leur portée. Sur le continent, on put faire et appliquer des lois préventives, interdire le port des armes à la multitude, imposer la trêve de Dieu. Tout conspirait à interdire à la justice le sol de la Corse. La politique génoise entra dans la conjuration.

La maxime « Diviser pour régner » fut de tout temps la base de toutes les opérations politiques conçues par les Génois. C'est pourquoi non seulement ils ne firent aucun effort pour mettre fin aux guerres intestines, mais encore ils les encouragèrent.

Dès qu'un homme s'élevait assez pour devenir redoutable, la république lui opposait un de ses égaux de la veille ; elle mettait aux prises deux ambitions, deux susceptibilités qui se brisaient l'une l'autre ; le vaincu gagnait le maquis, devenait un bandit.

L'histoire de la Corse est celle du banditisme et de la vendetta ; tous ses héros ont vécu des jours ou des années dans la montagne, traqués comme des bêtes fauves. Giudice de Cinarca, considéré par ses contemporains comme le souverain de la Corse, vécut en bandit pour venger la mort de son père (1). Son descendant Rinuccio delle Rocca, seigneur puissant, fut réduit, dit un contemporain, à fuir toujours comme la bête sauvage poursuivie par les chasseurs. Pour dépister ses ennemis, il ferrait son cheval tantôt à l'endroit, tantôt à l'envers ;

---

(1) Sa biographie dans la *Vendetta dans l'Histoire*.

comme on empoisonnait les sources proches des cavernes où on le croyait réfugié, il supportait patiemment la soif pendant des jours entiers, attendant, pour se désaltérer, qu'il pût boire l'eau d'une fontaine dont il avait la clef. Peut-être aurait-il résisté longtemps encore si deux de ses cousins, par vendetta, ne l'avaient fait périr dans une embuscade.

LE FUSIL

L'introduction des armes à feu en Corse permit aux haines individuelles de se satisfaire avec plus de facilité et de violence. « Auparavant, écrit Filippini, vers 1580, lorsqu'on ne se servait point d'armes semblables, si des ennemis mortels se rencontraient, l'un des partis n'osait le plus souvent attaquer l'autre, bien que celui-ci comptât trois ou quatre hommes de moins. Aujourd'hui, un homme qui a contre un autre un peu de colère, qui n'oserait pas avec une autre arme le regarder en face, l'attend caché dans un buisson ou dans un bois, et tire sur lui comme sur un animal. Le meurtrier est inconnu et la justice reste impuissante.

« En outre, les Corses se sont si bien exercés au maniement de ces arquebuses qu'en cas de guerre, le parti contre lequel ils se déclareraient aurait à courir des dangers. Les enfants de huit à dix ans, eux-mêmes, qui peuvent à peine porter une arquebuse et lâcher la détente passent leur journée à tirer à la cible, et ne fût-elle pas plus large qu'un écu, ils l'atteignent.

« Et pourtant, je me souviens que, lorsque pour notre malheur, la guerre éclata en Corse, en l'année 1553, pas un seul insulaire, à l'exception de ceux qui avaient appris sur le continent à manier les armes, ne savait adapter la corde à la serpentine. Lorsque Paul de Thermes (1) eut par des récompenses et de magnifiques promesses, gagné à la cause des Français les populations toujours avides de nouveautés et de changement, en les voyant si bien disposées en sa faveur, mais sans armes, il envoya exprès chercher à Marseille des armes pour les leur distribuer. On souriait en voyant comment s'y prenaient les Corses pour manier leurs arquebuses, ils ne savaient même pas les charger, et ce n'était qu'en tremblant qu'ils mettaient le

---

(1) Général chargé par Henri II de conduire l'expédition de Corse.

feu. Aujourd'hui, tous les Corses, en n'importe quel endroit de l'île, manient des arquebuses à rouet, et les soldats réguliers, eux-mêmes, ne les tiennent pas avec plus de soin. J'avais donc raison de dire tout à l'heure que les populations et particulièrement les Corses, étant d'humeur inconstante, on peut prévoir sans peine à quels dangers et à quelles pertes se trouveront exposés à l'avenir les habitants de l'île. »

Les Corses étaient effrayés eux-mêmes des crimes et des délits de tout ordre qui se commettaient dans l'île et ils réclamaient une répression sévère. De même que les gouverneurs avaient imaginé de vendre les ports d'armes, ils consentirent de temps en temps à opérer un désarmement, mais c'était pour pouvoir revendre les armes confisquées. Le même fusil, dit-on, fut vendu jusqu'à sept fois.

Si l'on s'en rapporte à la *Justification de la révolution de la Corse*, ouvrage dont le but est clairement exprimé par le titre, et que les Génois eux-mêmes ne réfutèrent que faiblement,

on jugera de l'état de la Corse sous la domination génoise.

Dès qu'un homicide se commettait, dit la
Justification, les parents du mort recouraient à
la justice contre l'assassin; les parents de l'assassin accouraient pour empêcher l'action de
la justice; il y avait entre les parties une première lutte devant le greffier pour en obtenir
un procès-verbal favorable; une seconde devant
le juge qui émettait son avis; une troisième devant le gouverneur de qui émanait la sentence.
Si les parties avaient quelques moyens pécu-
niaires, on profitait de l'occasion pour faire
une moisson abondante : les plus offrants ga-
gnaient toujours leur procès; mais si c'étaient
les parents du mort, on ne condamnait l'assassin qu'à une peine légère, et simplement pour
leur donner une sorte de satisfaction, tandis
que si c'étaient les parents du meurtrier, le
meurtrier lui-même était exempté de toute
peine afflictive ou infamante; et si on ne pouvait ou altérer les pièces, ou torturer le sens
de la loi, par suite de la vigilance importune de
la partie qui en réclamait l'observation, on faisait intervenir l'autorité despotique du gouver-

neur qui, étalant mal à propos une clémence et
une miséricorde intéressées, arrêtait le cours
de la procédure et de la justice par ces fameux
décrets de *non procedatur* dont la vertu absol-
vait de toute peine les coupables les plus con-
vaincus. Que si les assassins étaient pauvres,
alors, pour faire parade d'une justice incor-
ruptible, ils étaient condamnés au bannisse-
ment; mais bientôt, pour une pièce de quatre-
vingts francs (genovina) on accordait un sauf-
conduit de six mois, même aux bannis pour
peine capitale, avec permis de port d'armes,
afin que pouvant parcourir l'île en toute sécurité, ils fussent non seulement en état de se
défendre contre leurs ennemis, mais même de
commettre de nouveaux attentats; quelquefois,
on les faisait embarquer pour Gênes où, admis
au service de la République, ils étaient élevés
à des grades honorables, et même à celui de
colonel. Enfin, au bout de peu d'années, tous
les bannis, absous par des grâces générales ou
particulières, retournaient chez eux d'un air de
triomphe et plus insolents que jamais.

Et quelles étaient les funestes conséquences
de cette impunité ? l'absolution d'un homicide

devenant le germe de plusieurs autres. Les individus offensés, voyant l'offenseur promener insolemment sous leurs yeux son audace impunie, se rendaient par eux-mêmes cette justice que le gouvernement leur avait refusée. Ainsi, dans cette succession rapide et réciproque de forfaits, trente ou quarante assassinats étaient la suite d'un premier crime, et, de là, la destruction de plusieurs familles qui s'y trouvaient, même involontairement engagées.

En l'espace de trente-deux ans (1683-1715) les registres de la République constatent 28,715 meurtres. En 1714, un jésuite corse, le Père Murati, délégué à Gênes, obtint qu'il ne serait plus délivré aucun port d'armes, à condition qu'une redevance de deux *seîni* (0 fr. 40) par feu indemniserait la République du tort que lui causait la suppression des patentes. Le nouveau gouverneur Pallavicini, chargé d'opérer le désarmement, ne rencontra dans sa tâche aucun obstacle, et la police de l'île parut entrer dans une meilleure voie; malheureusement, de toutes les mesures prises, une seule survécut : l'impôt

auquel les malheureux insulaires s'étaient volontairement soumis.

Les lois ont été abrogées, refaites, modifiées;
les gouvernements ont disparu; les régimes les
plus divers se sont succédé ; le fusil est resté
le fidèle compagnon du Corse, et aujourd'hui
encore, pour endormir son enfant, la mère
chante sur un rythme monotone :

> *Quando voi sarete grandi*
> *Vi manderemo alla scola*
> *La carchera e lo stiletto*
> *L'archibugia e la pistola.*

> Lorsque vous serez grand,
> Nous vous enverrons à l'école
> La cartouchière et le stylet,
> L'arquebuse et le pistolet.

RÈGLES & COUTUMES DE LA VENDETTA

Le deuil avait autrefois en Corse, et il a conservé jusqu'à nos jours dans certains villages de l'intérieur, un caractère particulier et des formes tout à fait dramatiques.

Si dans une maison il se trouve un malade, les parents et les amis, hommes et femmes, s'y réunissent, les hommes dans un appartement, les femmes dans un autre pour assister la famille et veiller nuit et jour avec elle.

Le malade mort, le soir même, à l'*Angelus*, le prêtre se rend auprès de lui, et devant la foule réunie, il récite le rosaire et les litanies chantées alternativement par lui et par les assistants.

Le prêtre parti, tout le village, à l'exception des ennemis de la famille, passe la nuit auprès du corps; à minuit, on leur sert une collation.

Dans certaines localités, les *voceratrice*, sortes de professionnelles de la douleur, se réunissent autour du lit du défunt. Chacune à son tour se détache et vient psalmodier les mérites du mort, « en gesticulant, tournant autour de lui, lui parlant, feignant de l'écouter, le faisant répondre, le touchant, lui prenant les mains, comme s'il était vivant ».

Cette première cérémonie faite, on enlève le cadavre pour le porter à l'église, et, aussitôt, les *voceratrice* se lamentent à la fois. La messe finie, on porte le corps au cimetière, et tout le monde retourne à la maison mortuaire où un dîner réunit les membres du clergé, la famille et les amis. En Balagne (1) ce sont les habitants du village qui portent à la famille du mort pour elle et les étrangers qui sont venus différents mets qui forment ce qu'on appelle le *conforto*.

Si le mort a été tué, les lamentations prennent un autre caractère; les *voceratrice* ressemblent à des furies et chacun de leur cri est

---

(1) Région qui comprend la partie septentrionale de l'arrondissement de Calvi.

un cri de vengeance. Elles déchirent leurs vêtements, s'arrachent les cheveux et s'ensan-
glantent avec leurs ongles la figure et la poitrine. Souvent, elles sucent les plaies du mort
et conservent sa chemise et ses vêtements en-
sanglantés pour les montrer à ses enfants. On
en a vu profiter de la circonstance pour rappeler la mort d'une personne tuée depuis douze
ans, et qui n'avait pas été vengée, demander
vengeance pour elle et l'obtenir ! Les hommes,
dans ce cas, n'assistent pas à la cérémonie en
vains spectateurs. Ils s'arrachent la barbe et les
cheveux et se déchirent le visage en criant :
Ohime ! Ohime ! (hélas ! hélas !) Les hommes
en signe de deuil ne se coupent plus la barbe,
et on n'ouvre jamais les croisées jusqu'à ce que
le mort ait été vengé. « Nous connaissons un
gendarme, dit M. Gracieux Faure, qui écrivait
en 1858, dont le père fut tué un vendredi, il y a
plus de vingt ans, et qui depuis cette époque
n'a jamais, en signe de deuil, manqué de jeûner
le vendredi au pain et à l'eau. Nous avons vu
s'ouvrir, en 1858, des volets qui étaient demeu-
rés fermés depuis 1830; voici dans quelle circonstance : trois jeunes gens avaient été tués

à cette époque; ils étaient orphelins: leur tante et leur oncle qui était prêtre, ne pouvant personnellement les venger, s'enfermèrent chez eux et se condamnèrent à une réclusion si rigoureuse que, jusqu'à la fin de leur vie, ni l'un ni l'autre n'a jamais revu le soleil.

« Si leurs neveux eussent été vengés par la mort de trois de leurs ennemis, le deuil eût cessé par là même, et la maison se fût ouverte comme par le passé : mais le meurtrier seul ayant été tué, une demi-persienne seulement fut ouverte; l'oncle passa ainsi dix-sept ans, et sa sœur vingt-huit, au milieu de ténèbres volontaires. Celle-ci est morte tout récemment laissant une fortune considérable, et, par son testament, elle a légué une certaine somme à ceux qui devaient la porter en terre, à la condition qu'ils feraient un long détour pour éviter de passer devant la maison de ses anciens ennemis. Elle a voulu, en outre, que son cercueil fût scellé dans le mur, et que la clef en fût jetée dans le fleuve voisin, pour le cas peu probable où le tombeau de sa famille deviendrait la propriété de ses adversaires.

Tel est le sort auquel se condamnait, il y a

peu d'années, une famille forcée par des circonstances exceptionnelles de renoncer à sa
vengeance. Mais ces circonstances étaient ex-
cessivement rares, le sang versé appelait le
sang et la guerre était déclarée. Presque toujours on avertissait avant de commencer les
hostilités par la formule sacramentelle : « Garde-toi ». « Le Corse, dit Paul de Saint-Victor,
conserva toujours jusque dans ses crimes une
grandeur native; la carabine de ces bandits
avait à sa manière l'honneur de l'épée du duel.
Une sorte de droit des gens réglait la guerre
de vendetta; elle avait ses cartels, ses défis, ses
délais, ses trêves, ses lieux d'asile. Les clauses
de ce code des buissons furent toujours obser-
vées avec une loyauté scrupuleuse. »

Pour se faire une idée de la profondeur avec
laquelle la vendetta et son code étaient encore
ancrés, il y a vingt ans, dans les mœurs corses,
il suffit de lire cette ordonnance, qui fut affi-
chée sur le territoire d'un chef-lieu de canton
de l'arrondissement de Sartène :

« **ARTICLE PREMIER**. — Il est formellement
interdit de porter des armes sur le territoire de
la commune de Levie.

« Art. II. — Exception est faite pour les personnes notoirement en état d'inimitié. »

Et notez que le brave homme de maire, qui a rédigé et fait placarder cette ordonnance en 1886, se considérait comme ayant des idées très avancées.

Quand le terrible « Garde-toi » avait été prononcé, la catastrophe était prochaine, à moins — ce qui était fort rare — que l'un des partis *refusât l'inimitié*. Un homme qui avait été provoqué par un outrage personnel, ou par le meurtre d'un des siens, n'était pas absolument et inévitablement tenu à la vengeance. Cela n'était pas très honorable; mais on en cite quelques exemples. Pour refuser l'inimitié, il n'était pas nécessaire d'avoir directement ou par autrui, un entretien avec ses ennemis; il suffisait de ne porter ni fusil, ni pistolet, ni autres armes. Dès lors, cet homme devenait inviolable et on aurait regardé comme lâche et infâme celui qui l'aurait frappé.

Si l'inimitié a été acceptée, si la famille réunie en conseil a déclaré que l'honneur exige
une vengeance, on voit immédiatement s'entre-
mettre les *parolanti* ou *paceri* (conciliateurs).
Souvent, par des concessions demandées à propos, ils faisaient tomber les armes au plus fort
de la lutte et réconciliaient des familles prêtes
à s'entr'égorger. Se portant garants de la sin-
cérité et de la durée du traité conclu, les *paceri*
en répondaient sur leur tête et sur leurs biens.
Fallait-il fixer par écrit les conditions de la
paix ? ils se chargeaient de ce soin. Pour qu'ils
pussent se livrer en toute sécurité à cette belle
mission, les *paceri* jouissaient du privilège de
l'inviolabilité. A leur approche, les hostilités
étaient suspendues, les stylets rentraient dans
le fourreau, et les trêves duraient aussi longtemps que les négociations pacifiques n'étaient
pas rompues. Le moindre outrage fait à ces
hommes de bien se dévouant pour la paix générale eût suffi pour déshonorer un parti ou
une race.

Si les *parolanti* échouaient, la situation des
familles ennemies devenait épouvantable. Il
n'était pour eux plus de refuge, plus d'abri où

la mort ne les frôlât pas à chaque instant.
Lorsqu'ils voulaient se transporter d'un lieu
dans un autre, dit Salvatore Viale, ils voya-
geaient comme les pèlerins de l'Asie en cara-
vane, avec trois troupes de bretteurs, l'une armée pour les escorter, les deux autres pour battre les maquis à droite et à gauche, afin de
rompre ou d'empêcher les embuscades. Tel qui
se trouvait trop pauvre ou dénué d'amis pour
employer ce moyen se croyait au moins obligé
de dissimuler le voyage qu'il allait entrepren-
dre. La défiance était si grande que non seulement il cachait ce voyage à ses proches, mais
encore à sa femme et à ses enfants eux-mêmes;
ou s'il leur disait qu'il allait à la montagne,
c'était pour descendre avec plus de sécurité dans
la plaine. Souvent, il choisissait comme l'heure
le plus favorable à son départ le moment où
éclatait une tempête nocturne. Il comprenait
si bien le danger qu'il allait courir que, dans
ces occasions, il renfermait dans un paquet ca-
cheté le testament qui contenait ses dernières
volontés. S'il traversait un bois ou longeait un
précipice, il appuyait l'index sur la détente d'un

pistolet et tressaillait au moindre bruit des branches, menacé à chaque instant par l'apparition du canon d'un fusil.

Les murailles dans lesquelles vivaient les familles en état d'inimitié portaient l'indice plus ou moins apparent de leur situation; les ouvertures étaient à moitié murées comme celles des monastères et défendues par des mâchicoulis; les jardins étaient entourés de remparts: la terrasse bâtie au-dessus du toit était protégée par un parapet crénelé. Dans plusieurs localités, les habitations comportaient un four et un puits, afin qu'en cas de siège on pût sans sortir faire face à tous les besoins du ménage. On reconnaissait facilement l'état d'inimitié auquel ces demeures étaient soumises lorsque, contrairement à l'usage, on n'apercevait pas de linge étendu pour sécher aux fenêtres et que celles-ci étaient fermées comme dans les lieux où règne la malaria.

L'étranger, admis à une hospitalité généreuse, s'étonnait de voir le chef de famille se promener le long de la salle, s'avançant ou reculant tour à tour d'une fenêtre à l'autre dans l'attitude d'un maître d'escrime. La légende a gardé le souvenir d'un prêtre qui, par suite d'une inimitié que lui avait légué ses ancêtres, resta dix ans en état de quarantaine domestique. Fatigué de compter et de mesurer sans cesse ses pas, il avait tracé des lignes de divers côtés pour marquer l'espace dans lequel il pourrait dégourdir ses jambes sans risquer sa vie.

Dans certains villages, des générations presque entières passèrent sans prendre aucune part à la vie sociale. On assure que dans l'arrondissement de Sartène, de petits enfants, portés sur les fonds baptismaux le jour de leur naissance, ne purent reparaître à l'église qu'après que l'âge eut blanchi leur cheveux.

**

Quelquefois en approchant d'une maison d'aspect inhabité, le voyageur lisait, collée sur un arbre, à quelques mètres de l'habitation, une affiche ainsi conçue :

« Il est défendu à tout médecin, notaire, curé, fonctionnaire public, soldat, gendarme, ouvrier, de porter secours et assistance à X... »

Ces avis étaient généralement plus respectés

que ceux que placardent les agents de l'autorité. Pour avoir contrevenu à une interdiction de ce genre, un Lucquois eut l'oreille coupée. Le moindre accident qui puisse arriver au délinquant est d'être mis à nu et flagellé avec un faisceau de verges et d'orties. L'exécution a toujours lieu en présence de témoins pour que l'exemple en soit salutaire.

LE BANDITISME

Autrefois, un acte de vengeance ne poussait pas toujours dans le maquis l'individu qui s'en était rendu socialement coupable. Par suite de la répression, le nombre des bandits a considérablement augmenté proportionnellement aux meurtres relevés dans l'île. Il va de soi que tout *prévenu* qui se refuse à reconnaître l'arbitrage des tribunaux se trouve par là même hors la loi. C'est le *bandit*.

La Corse est le seul pays où le mot *bandit* soit encore employé dans son acception primitive : banni. Il désigne, non pas celui qui fait partie d'une *bande*, mais l'individu au ban de la société, qui justement vit presque toujours isolé.

Cependant, l'acception injurieuse du mot se généralisant, les Corses, pour exprimer l'état d'un compatriote qui a pris le maquis, disent qu' « il est dans le malheur ». Cette locution, d'un fatalisme douloureux, est souvent justifiée.

Le bandit n'est pas toujours un criminel, pas même un meurtrier ; les condamnations à quelques jours de prison pour un simple délit, les contraventions les plus futiles, la loi du recrutement, auquel la population, malgré ses goûts belliqueux, se montrait assez réfractaire, les luttes électorales, plus chaudes en Corse que partout ailleurs, ont jeté des quantités d'insulaires dans le maquis. Tous n'y restèrent pas, et nous pourrions citer plus d'un bandit qui a fourni par la suite une très honorable carrière dans l'administration ou dans l'armée. D'autres entraînés par les circonstances ont fait de nombreuses victimes et ont fini par porter leur tête sur l'échafaud. Cependant, on peut dire du banditisme, comme du journalisme, qu'il mène à tout, à la condition d'en sortir.

Les bandits d'autrefois furent des personnages quasi-historiques : s'ils se trouvèrent hors la loi, ce fut plus comme adversaires du gouvernement que comme criminels. Nul ne songeait guère à leur reprocher leurs actes de *vendette* ; mais leur ambition, leur influence sur les masses et l'usage qu'ils en faisaient les rendaient dangereux pour la *tranquillité de l'Etat*. Quand ils voulaient venir à composition et se mettre au service du gouvernement, ils étaient bien accueillis et bien rétribués, non seulement les grands chefs, qui maniaient des milliers d'hommes, mais encore les plus vulgaires assassins. (1).

****

En 1768, la Corse étant passée sous la domination française, le nouveau régime se montra trop sévère, car il oublia souvent qu'il avait affaire non à des criminels de droit commun, mais à des hommes qui ne voulaient pas plus reconnaître au roi de France le droit de les acheter qu'à la république celui de les vendre.

Le premier édit concernant la vendetta est

---

(1) Lire dans la *Vendetta dans l'histoire*, les biographies de Giudice delle Rocca et de Ferrando da Quenza. On trouvera plus loin celle de Sampiero Corso, père et grand-père de maréchaux de France.

du mois de juin de 1769. Il est ainsi conçu :

« L'assassinat prémédité avec guet-apens sera puni du supplice de la roue. Voulons que, en cas qu'il ait été commis par vengeance ou querelle de famille, en haine transmise, la maison du coupable soit rasée et sa postérité déclarée incapable de remplir jamais aucune fonction publique. »

Les ordonnances de mars et de juin 1770 s'expriment ainsi :

« Ceux de nos sujets corses qui seront arrêtés porteurs d'armes à feu, ou dans les maisons desquels il en sera trouvé, seront punis de mort. La peine de mort sera prononcée contre les malfaiteurs connus dans l'île sous le nom de bandits.

« Considérant que les bandits n'ont pour but que le vol et l'assassinat, en vertu des pouvoirs à nous donnés par Sa Majesté, déclarons par ces présentes que dans la marche que nous allons faire contre les bandits, ceux qui seront pris seront pendus, à l'heure même, au premier arbre et sans autre forme de procès. »

La justice ne se contenta pas d'exécuter les édits à la lettre ; elle inventa des supplices nouveaux contre les gens qui portaient des armes sans permission. Quand on en trouvait, on pliait deux grosses branches d'arbres de façon à les rapprocher, à l'une on attachait les jambes, à l'autre les bras du coupable, puis on rendait à l'arbre sa liberté. Les branches en reprenant leur position naturelle brisaient le corps du supplicié.

Il est vrai qu'au xviii° siècle il exista des bandits qui eussent été plus justement qualifiés brigands. Jaussin, pharmacien en chef de l'armée française en 1739, raconte le fait suivant qui est particulièrement typique :

Il avait logé trois semaines chez un prétendu bourgeois qui avait de bonnes manières et une maison de belle apparence. Il lui laissa donc avec confiance sa cassette contenant pour 4.000 livres d'argenterie, de bijoux et d'argent qui, à son retour, lui fut remise intacte.

Ce fidèle dépositaire n'était, toutefois, ainsi que ses deux frères, son oncle et son cousin, qu'un *ladro publico* (voleur public), la bande assassina vers ce temps plusieurs soldats, vivandiers et autres passants.

Le chef, arrêté et conduit à Ajaccio, fut in-

terrogé devant *l'apothicaire-major*, qui, s'éton-
mant de ce qu'il ne l'avait ni volé, ni assassiné
au lieu des pauvres hères qu'il avait dépouil-
lés, reçut pour réponse : « Je m'en serais bien
gardé, monsieur, c'eût été violer les lois de
l'hospitalité. »

Jaussin sollicite sa grâce, et l'obtint sous
condition qu'il servirait dans le Royal-Corse.
Après quelques mois, il déserta pour retourner
à son premier métier.

Ce respect de l'hospitalité fut toujours un
des points caractéristiques de la race corse,
même parmi les gens en état d'inimitié.

Napoléon disait à Sainte-Hélène : « Je vou-
lais consacrer trente mille hommes à la pacifi-
cation de la Corse et trente millions à sa pros-
périté, mais absorbé par les soins de la guerre
et les affaires du continent, j'avais renvoyé à la
paix l'exécution de ce dessein ; le temps m'a
manqué. » La Corse, sous l'Empire, progressa
peu ; elle n'eut pas à se louer, dit-on, de Miot
et des autres administrateurs que le continent
lui envoya. Le général Morand les dépassa

tous. En 1808, il s'imagina que les Anglais re-
crutaient des soldats dans le Fiumorbo. Par
un procédé indigne d'un soldat, il s'empara de
cent cinquante-huit suspects, qui furent garrot-
tés et emmenés comme des criminels. Dix d'entre eux furent fusillés. Les autres, déportés à
Embrun, y périrent du climat et des mauvais
traitements, à l'exception d'une vingtaine que
l'on rapatria en 1810.

**

Le gouvernement de la Restauration supposait, non sans quelque raison, que les Corses
resteraient en grande majorité attachés à la
dynastie impériale, soumit malencontreusement
l'île à des lois d'exception. Une maladresse du
général Berthier causa les premiers malenten-
dus. Celui-ci, dès 1814, frappait le département d'une contribution extraordinaire de
500.000 francs sous prétexte que les besoins
impérieux du service public l'exigeaient. Les
gros contribuables de Bastia (taxée pour sa
part à cent mille francs) prirent une résolution énergique. L'un d'eux se rend chez le sous-
préfet qui l'accueille à peu près en ces ter-

mes : « Je sais que vous êtes une douzaine de désespérés qui n'avez rien à perdre, et qui voulez provoquer un mouvement populaire à la faveur duquel vous comptez gagner quelque chose ; mais vos mesures sont mal prises ; l'autorité n'ignore rien ; elle saura prévenir vos desseins et punir les coupables.

— Eh bien, monsieur, répondit l'autre, puisque vous êtes si bien instruit, que tardez-vous à agir ? Vous n'avez point de temps à perdre, car, dans l'instant même, vous allez cesser d'être sous-préfet ; et, avant deux heures, il y aura probablement de la *chair fraîche* dans la ville.

Il sortit en disant ces mots et rencontra sur l'escalier un des principaux chefs de la conspiration, qui montait à la sous-préfecture. Ils retournèrent ensemble pour avertir leurs amis et ameuter le peuple.

Il était onze heures du matin. Le sous-préfet et le maire, pour empêcher le désordre, coururent chez le général commandant la place, mais celui-ci n'avait pas encore mis ses bottes que la citadelle était prise par les conjurés.

Nous passerons rapidement sur les détails de cette affaire héroï-comique qu'il nous fallait tout au moins rappeler pour expliquer la sévérité du régime de Louis XVIII. Alors que le reste de la France bénéficiait de l'institution des jurys, le gouvernement maintint à Bastia une cour prévôtale dont les décisions, empreintes d'une rigueur excessive, réveillèrent les passions. Les préfets voulurent rattacher quelques crimes ordinaires à des ramifications politiques ; on abusa de la guillotine, et l'opinion publique s'émut de voir tomber des têtes innocentes.

Ces maladresses, auxquelles s'ajoutèrent de véritables dénis de justice, indignèrent l'opinion publique. On manifesta ouvertement en faveur des bandits qui s'affilièrent aux sociétés secrètes et se firent presque tous carbonari. D'anciens soldats de Napoléon, d'anciens officiers même se mêlèrent à eux et les dirigèrent. Enfin, les traités d'extradition coupant aux bandits toute retraite, ils s'organisèrent en bandes et se donnèrent des chefs, des constitutions. Ils devinrent alors réellement redoutables.

En 1816, le marquis de Rivière, gouverneur de la Corse, dans un accès de zèle intempestif, résolut de saisir les diamants de Murat que celui-ci avait confiés à un ancien officier de l'empereur, le commandant Poli. — Ce dernier les avait mis en dépôt ; il ne refusa pas de les remettre à Rivière, mais il allégua qu'il ne pouvait toucher au dépôt sans l'autorisation des héritiers du roi de Naples. Irrité, le gouverneur fit perquisitionner chez toutes les personnes qu'il supposait avoir eu des relations avec Murat, chez leurs parents et leurs amis. Ce fut ainsi que la femme du général Franceschetti, fille du notaire Colonna Ceccaldi, chez qui Murat avait déjà reçu l'hospitalité à Vescovato, fut dépouillée de tous ses vêtements par ordre du préfet. On ne trouva rien. Rivière, accompagné du général Delaunay, commandant la division, et du préfet Saint-Genest, entreprit contre le commandant Poli, une bruyante expédition qui sombra dans le ridicule. Il perdit des hommes, se vit dépouiller de ses bagages et s'enfuit en laissant un nombre important de prisonniers. Sans la présence d'esprit d'un officier qui coupa la corde qui remorquait le gouverneur, celui-ci était pris au lasso par un habile montagnard.

**

***

Déconsidéré par cette burlesque expédition dont Rivière vengea la honte sur deux malheureux jeunes gens accusés de carbonarisme, le gouvernement de la Restauration s'aliéna toutes les sympathies. Ce fut l'âge d'or du banditisme. Ce fut l'époque où les bandits les plus notoires, condamnés plusieurs fois à mort, se montraient au théâtre dans une loge voisine de celle du préfet ; où l'administration et la justice rencontrèrent contre elles coalisées toutes les forces de la Corse. Comme presque toutes les familles avaient quelqu'un de ses membres dans le maquis, le pouvoir eut tout le monde contre lui.

Le maire d'une commune d'Ajaccio possédait une maison à deux étages, le premier était occupé par le propriétaire et par sa famille ; il avait loué le rez-de-chaussée à la gendarmerie et le second était habité par des locataires moins notoires, mais faisant tous profession de banditisme. Tandis que les gendarmes battaient nuit et jour la campagne, ceux-ci vidaient tranquillement quelques bouteilles, jouant à la scopa avec le maire et ses adjoints. Cela dura près d'une année et quand on connut la retraite des bandits, on voulut procéder à leur arrestation. Inutile, avertis à temps ils avaient changé de domicile.

Le curé de Poggio-di-Nazza, dans le Fiumorbo, prenant, en 1818, possession de sa paroisse et sachant que ses ouailles nourrissaient des sentiments hostiles à son égard, entra dans l'église armé à la façon des bandits. Comme on s'en étonnait, il déposa son fusil contre l'autel en disant : « Voici le Père », puis plaçant un pistolet sur l'autel : « Voici le Fils », et tirant de sa soutane un stylet, il ajouta « Voici le Saint-Esprit ».

Les protestations contre lui furent dès lors plus discrètes.

Dans le Fiumorbo, un chef de bande était à la fois juge de paix du canton et maire de son village. Quand on requérait ses bons offices, il s'avança le chapeau à la main : « Qui désirez-vous, disait-il en souriant : est-ce le juge de paix ou le maire ? car, si c'était le bandit?... » Un geste vers son fusil déposé dans un coin de la salle complétait la phrase.

On raconte que cet énergique individu, qui n'avait pas alors plus de vingt-cinq ans, est mort officier dé la Légion d'honneur et membre du conseil général.

***

Le plus célèbre chef de bande était alors Théodore Poli (1), surnommé le Roi de la Montagne : tous les bandits sollicitaient l'honneur de servir sous ses ordres. Avec ses compagnons Gallochio et Gambini, il s'empara un jour du bourreau de Bastia et le fit fusiller à trois cents mètres du tribunal, à l'endroit même où un de ses hommes avait été exécuté quelques jours auparavant.

La bande subvenait à ses besoins par des contributions levées sur les fonctionnaires et les curés.

« Messieurs, disait Théodore à ces derniers, vous n'avez ni femme ni enfants, vous pouvez contribuer à notre entretien. Pour vous éviter tout dérangement, un collecteur se présentera chez vous tous les mois, recevra l'impôt et vous donnera quittance. »

---

(1) Il n'avait aucun lien de parenté, même éloignée, avec le commandant Poli.

Les ecclésiastiques se soumirent, seul le curé de Guillaza envoya brutalement promener le percepteur. Théodore jugea que cette résistance était d'un mauvais exemple et pouvait devenir contagieuse. Le lendemain, il se rendit en personne au presbytère. Le curé était un homme déterminé, qui avait calculé la portée de ses actes, et s'était décidé à ne plus sortir qu'avec son fusil. Il disait sa messe lorsque Théodore, accompagné de deux de ses lieutenants, entre dans l'église et s'agenouille pieusement. La cérémonie terminée, le Roi de la Montagne s'approche du curé et lui dit:

— Vous êtes encore à jeun, envoyez cet enfant dire à votre servante de vous apporter à manger. Seulement, il est inutile qu'elle vous apporte du vin, attendu que celui de ma gourde vaut probablement mieux que le vôtre.

Seul contre trois, le curé est forcé d'obéir; la servante arrive, il mange de bon appétit, et fait même honneur au vin de Théodore, pour lui montrer que sa présence ne l'impressionne pas. Celui-ci, de son côté, a la discrétion de ne faire aucune allusion à l'objet de sa visite, mais dès que le repas est terminé :

— Eh bien, monsieur le curé, êtes-vous disposé à réparer l'injure qu'hier vous m'avez faite et à payer l'impôt.

— Moins que jamais.

— Et pourquoi ?

— Parce que vous n'avez aucun droit de lever des contributions.

— Il me serait pénible d'user à votre égard de mon autorité; veuillez, s'il vous plaît, nous épargner à tous deux ce désagrément.

— Je ne payerai pas.

— C'est votre dernier mot ?

— Oui.

— Saisissez monsieur le curé, et couchez-le par terre.

En un instant, l'ecclésiastique saisi par quatre mains de fer est étendu sur le dos.

— Persistez-vous toujours ? reprend le bandit.

— Toujours.

— Brusco, allume !

Et aussitôt, sans faire la moindre observation, Brusco allume une de ces torches en bois résineux que les bandits portaient toujours, pour s'éclairer au besoin pendant la nuit, et

met le feu par le bas aux vêtements du prisonnier. Celui-ci sentant déjà la flamme demande
qu'on éteigne et offre de payer.

— Voici mes dix francs.

— Ceci est pour l'impôt, mais, en punition
de votre conduite, vous voudrez bien y ajouter
cent cinquante francs à titre d'amende ; total
cent soixante. Vous devrez vous estimer heureux d'en être quitte à si peu de frais. Seulement, pas de récidive.

Il fallut payer bon gré, mal gré. Grâce à cet
acte de rigueur, Théodore vit l'impôt ecclésiastique rentrer désormais sans difficulté chaque
mois, et son trésor se remplir tout seul pour
ainsi dire sans qu'il eût besoin de s'en mêler
davantage.

Le budget assuré, restait la question du vê-
tement et de la chaussure. Les bandits étaient
plus forts qu'il ne fallait pour emporter d'as-
saut les villages et la plupart des villes de Corse et dévaliser les magasins ; mais ce moyen
aurait eu de graves inconvénients, le premier
de leur créer une multitude d'ennemis ; le second de nuire à leur réputation de probité, à
laquelle le plus grand nombre tenait sincère-

ment. Théodore résolut donc, au lieu de s'adresser aux marchands de drap et aux cordonniers, de mettre à contribution la gendarmerie en personne.

— De cette façon, disait-il, comme le traitement du clergé et les appointements des gendarmes leur viennent de l'Etat, en définitive, ce sera l'Etat qui aura l'honneur de nous salarier indirectement.

Toutefois, ajoute M. Gracieux Faure, à qui nous devons ces pittoresques détails, la méthode employée à l'égard du clergé n'était point applicable aux gendarmes, car ceux-ci n'étaient pas d'humeur à se laisser attirer dans la montagne pour se dépouiller de leurs vêtements et les céder aux bandits. Il fut donc arrêté que, vu le peu d'espoir qu'il y avait à les décider à apporter volontairement leur tribut, on irait le chercher soi-même jusque dans l'intérieur des casernes.

Dans la troupe de Théodore, tout individu convaincu d'attentat à la propriété privée était rayé des contrôles. Si le cas était assez grave pour compromettre la *dignité* du banditisme, le délinquant était passé par les armes.

Les bandits généralement respectueux de la vie de leurs compatriotes et des étrangers ne ménageaient pas la force publique représentée par la magistrature judiciaire : en 1820, un juge d'instruction, nommé Colonna d'Istria, fut tué sur la route d'Ajaccio à Bastelica où il avait commencé une information criminelle ; en 1832, M. de Susini, procureur du roi à Sartène, fut assassiné par un contumace qu'il avait été obligé de poursuivre. Théodore attaqua lui-même le conseiller Arena dans la forêt de Vizzavona.

Ces traditions se sont pieusement conservées dans le maquis ; on put voir, il y a peu d'années, un bandit coiffé du képi préfectoral : il en avait lui-même effectué la saisie sur la tête du premier magistrat de son département, dont le prestige se trouva, de ce chef, considérablement amoindri.

**

A côté des magistrats et des gendarmes, figurait une catégorie d'individus envers laquelle les bandits se montraient inexorables, c'était celle des témoins qui avaient déposé contre eux devant les tribunaux. Les représailles qu'ils exerçaient furent telles qu'on en arriva à ne plus trouver de témoins pour affirmer les faits les plus notoires : « Il est, disait M. Bertrand, avocat général à la Cour de Bastia, quelquefois difficile de faire répéter, en Cour d'assises, devant l'accusé, la vérité dite au juge d'instruction dans le tête-à-tête du cabinet.

« — L'avete veduto, si o no ? (L'avez-vous vu, oui ou non ?) demande le président.

« — Si, Signor, ma non sono sicuro, li occhi sono fatti d'acqua. (Oui monsieur, mais je ne suis pas sûr, les yeux *sont faits d'eau*) répond le témoin, voulant, par là, dire que l'organe de la vue est imparfait et qu'une erreur est possible.

La dénonciation et le faux témoignage, quoique rares, ont été le prélude de sanglantes *vendette* et ont frayé la carrière de plus d'un bandit. Vers 1860, un jeune homme appartenant à la famille Giacomoni, une des meilleures du canton de Sainte-Lucie-de-Tallano fut condamné injustement aux travaux forcés comme assassin. Deux dépositions provenant l'une d'un juge de paix, l'autre d'un médecin, avaient contribué pour une grande part à sa condamnation : « Que j'aie les yeux crevés comme Sainte-Lucie, si je mens ! » avait dit le magistrat devant le tribunal. Persuadé de l'innocence du condamné, son frère qui terminait ses études sur le continent, s'embarqua pour la Corse, arrive de nuit chez le juge de paix, le confesse, et lui fait répéter la formule de son serment. Quand l'autre a obéi sous l'impulsion de la terreur, de son poignard il lui fait sauter les deux yeux. Depuis, on ne l'appella plus que Sainte-Lucie.

D'accord avec un autre de ses frères, il adressa au médecin le billet suivant :

« De la montagne,

« Nous avons l'honneur de vous informer
« que lorsque la Providence nous fera la grâce
« de vous mettre sur notre chemin, le moin-
« dre déplaisir qui puisse vous arriver est l'a-
« blation du nez et des oreilles. Notre courtoi-
« sie et notre éducation de nous permettent
« pas de vous surprendre sans vous avoir cor-
« rectement prévenu.

« SAINTE-LUCIE et GIACOMONI. »

Effrayé, le docteur se retira à Ajaccio, où il eut l'imprudence de se croire en sûreté. Pendant quelques semaines il put supposer que son persécuteur l'avait oublié. Il n'en était rien.

Appelé par un malade, il passait un jour devant le portique de Notre-Dame, quand il se vit interpeller.

— Un mot, docteur !

Avant qu'il ait pu se reconnaître, Sainte-Lucie lui déchargeait son pistolet dans la poitrine.

On pourrait croire que ce meurtre commis en plein jour, devant une cathédrale, dans un chef-lieu de département, n'est pas resté impuni. Détrompez-vous : voici ce qui arriva.

Pendant que l'on portait secours à la victime, Sainte-Lucie s'éloigna. Le premier moment de stupeur passée, plusieurs personnes se lancèrent à sa poursuite. Sur le point d'être atteint, le bandit s'arrêta brusquement, et mettant à découvert un long stylet, il attendit les assaillants d'une mine si ferme que les plus courageux reculèrent.

Profitant de leur hésitation, Sainte-Lucie se mit à fuir vers la porte de la ville. Un douanier dont l'attention avait été éveillée par les cris de la foule le coucha en joue : « Arrête, s'écria l'assassin, je me rends. » Et s'approchant dans l'attitude de la soumission, il saisit le canon du fusil qu'il arracha des mains du douanier poignardé.

On le vit, après cet exploit, muni de son trophée, se diriger au pas de course vers la plage, puis quitter la route qui borde le golfe pour disparaître dans la montagne.

Sainte-Lucie fut par la suite un des plus fameux bandits de l'île. Très supérieur à la masse par son éducation, il jouissait d'une autorité sans bornes sur les autres bandits. En 1847, il quitta la Corse avec le consentement tacite des autorités. L'année suivante, il était capitaine dans l'armée romaine. Quelque temps après, il vint à Paris où il excita la curiosité des journalistes. L'un d'eux, Germond de Lavigne, lui consacra toute une série de chroniques dans *la Liberté*.

Nous avons dit tout à l'heure qu'en 1820, M. Colonna d'Istria, juge d'instruction, fut assasiné sur la route d'Ajaccio à Bastelica. Un bandit appelé le *Rosso* (le Roux) fut accusé de ce crime, et il se trouva des témoins pour déposer contre lui. Le Rosso était innocent; il passait pour très honnête et très scrupuleux; sa mauvaise étoile et les préjugés locaux l'avaient jeté dans le maquis, mais sa douceur et sa probité étaient connus de tous. Cependant, sur la déposition d'ennemis personnels, il fut condamné à mort — par défaut naturellement.

Jusque-là, le Rosso, loin de chercher à se faire redouter, s'était appliqué à vivre en bonne intelligence avec ses compatriotes et à mériter leur estime. Cette condamnation le remplit de douleur et de colère. Le premier des faux témoins qu'il rencontre est un nommé *Pasqualini*. Il tire dessus et lui casse un bras. Pasqualini se précipite dans un groupe de paysannes qui passaient avec leurs fagots sur la tête en criant : « Sauvez-moi, sauvez-moi ». Elles jettent bas leurs fardeaux et lui font un rempart de leur corps. Le Rosso arrive implacable, l'arrache de leurs bras et l'achève à coups de stylet sous leurs yeux en disant : « Il m'a fait condamner injustement à mort, et moi je l'exécute avec justice. »

Les autres témoins succombèrent, l'un après l'autre, sous ses coups. Quand il eut *lavé son honneur* dans le sang de ses ennemis, il gagna la plage et se fit conduire en Sardaigne. Il mourut gardien d'un fanal dans l'île d'Asinara.

L'organisation bien entendue des bandits ne permettait plus à la gendarmerie de lutter contre eux. C'est pourquoi en 1823 on créa un bataillon de *voltigeurs corses*, composé uniquement de volontaires. Ces soldats, qui connaissaient admirablement les mœurs, la langue et la nature physique du pays, firent des prodiges, mais il ne leur fallut pas moins de dix-sept ans pour rétablir l'ordre et la sécurité. On licencia le bataillon en 1850 ; malgré le progrès obtenu, les préfets purent s'apercevoir que cette mesure était prématurée.

En effet, le banditisme, quoique réduit à des individualités, ne disparut pas plus que la vendetta. Pour quelques-uns, il fut encore une carrière : témoins les fameux Bellacoscia dont le plus jeune est mort en 1907. Dès 1869, Napoléon III, à qui on demandait leur grâce, dut refuser à cause de la complication de leur casier judiciaire. Les magistrats de la république, comme ceux des régimes qui avaient précédé, les condamnèrent à mort un certain nombre de fois. Ils ne s'en portèrent pas plus mal, continuèrent à lever des impôte dans leur canton, à exécuter des *contribuables* récalcitrants, à recevoir les visites des voyageurs notables et à assurer l'élection du *candidat* de leur choix dans l'arrondissement d'Ajaccio.

SAMPIERO CORSO

A l'attaque de Borgo-Forte en 1526, le commandant des troupes pontificales fut blessé grièvement à la cuisse d'un coup de fauconneau. Il s'appelait Jean de Médicis et était âgé de vingt-huit ans. L'ablation immédiate de la jambe ayant été jugée nécessaire, il éclaira lui-même le chirurgien et ne voulut supporter que personne tînt la bougie pendant cette cruelle opération.

Il mourut huit jours après. Ses soldats prirent le deuil, et arborèrent leurs bannières et leurs enseignes noires. Ce qui leur fit donner le nom de *Bandes-Noires*.

Du vivant de Jean de Médicis, n'entrait pas qui voulait dans ces terribles bandes. Pour être enrôlé, il fallait passer sous les yeux du maître. Si le candidat plaisait, on l'invitait à montrer sa force et son adresse en luttant avec les vieux soldats éprouvés. Quand un soldat briguait la haute paye, il venait s'offrir aux coups du général qui jugeait lui-même de l'habileté et de la résistance du sujet. Et comme pour obtenir un avancement il fallait que le candidat vainquît à pied et à cheval un gradé qui ne devait sa position qu'à ses succès dans une épreuve analogue, Jean de Médicis perfectionnait chaque jour les cadres de ses troupes. Les exploits étaient récompensés largement ; les lâches étaient renvoyés quand ils n'étaient pas poignardés de la main du général.

Après avoir débuté dans les rangs les plus infimes, le corse Sampiero da Bastelica était parvenu, tout jeune, aux grades les plus élevés. On racontait de lui des choses surprenantes : il avait abattu un taureau furieux d'un seul coup d'épée. Attaqué un jour inopinément par sept hommes armés, il en tue deux et déploie une vigueur si terrible que les cinq autres prennent la fuite (1). A Rome, raconte Brantôme, il offre à l'ambassadeur de France de

---

(1) Carboni, *Compendio della storia ligure.*

mettre fin aux guerres impériales en se saisissant de Charles-Quint, quand il passerait sur le pont Saint-Ange, au milieu de ses chevaliers, et en le précipitant dans le Tibre.

Un duel qu'il eut avec un de ses collègues, quand il servait sous les ordres de Jean de Médicis, achèvera le portrait de ce soldat dont ses contemporains admirèrent la bravoure et l'énergie constante au milieu des circonstances les plus pénibles d'une vie bizarrement accidentée.

Sampiero Corso et Giovanni da Torino étaient donc en désaccord. Jean de Médicis, connaissant leur humeur et sachant que ce désaccord était appelé à un dénouement tragique s'il n'y mettait ordre, employa tous les moyens qu'il avait en son pouvoir pour les réconcilier. N'y pouvant parvenir, de dépit, il déchira sa cape en deux, leur en donna chacun la moitié et deux bonnes épées. Puis il les enferma dans une salle, en leur disant qu'ils en sortiraient quand ils se seraient mis d'accord.

Sans préambules inutiles, *ils furent tout de suite d'accord* pour en venir aux mains. Giovanni da Torino « donna, dit Brantôme, une eslocade au front de Sampiero, petite pourtant, mais d'importance, d'autant que le sang lui commença aussitôt à lui couler sur les yeux et le long du visage, si bien qu'à tous les coups, il lui fallait porter la main pour essuyer ses yeux. »

Alors Giovanni da Torino abaissant son épée, lui dit :

— Sampiero Corso, arrête-toi et bande un peu ta plaie.

L'autre le prit au mot, sortit son mouchoir et banda sa blessure le mieux qu'il put. Puis le combat recommença, mais avec une telle âpreté que Sampiero fit sauter au loin l'épée de Giovanni. Ce fut au tour de Sampiero à suspendre le combat en disant à son adversaire :

— Giovanni da Torino, ramasse ton épée, car je ne veux pas profiter d'un avantage pour te blesser.

On pourrait supposer qu'après cet échange de courtoisies, les deux champions étaient bien près de se tendre la main et de faire la paix. Ils n'y pensaient même pas, et les gens qui suivaient les péripéties du combat à travers les fentes des portes, les virent se porter des coups tels que d'un commun accord, ils vinrent supplier Giovanni de Médicis d'intervenir.

Quand celui-ci entra dans la salle, il les trouva « tous deux, l'un deçà et l'autre delà, tombés et couchés par terre, n'en pouvant plus, pour les grandes blessures qu'ils s'étaient entredonnées et du grand sang répandu. »

En 1545, Sampiero se rendait en Corse où il épousait Vannina, fille de Francesco, seigneur d'Ornano, mais Sampiero n'était pas un homme que l'amour arrache à ses ambitions. Il était marié depuis peu, lorsqu'il apprit que Pier Lugi Farnese (fils du pape Paul III), généralissime des troupes de l'Eglise, venait d'être tué. Laissant sa femme à Santa-Maria d'Ornano, chez son père, il s'embarqua pour Civita Vecchia, et courut à Rome solliciter un poste auquel sa bravoure et sa réputation le semblaient désigner. Mais ses espérances ne s'étant pas réalisées, il revint presque aussitôt.

Au cours de son voyage, Sampiero avait eu, disait-on, une conférence intime avec Cesare

Fregoso, génois considérable, mais exilé et alors au service du roi de France. Il avait été décidé dans cette entrevue, au dire de rapports d'espions, que Sampiero irait en Corse, et tenterait de s'emparer par surprise de la forteresse de Bonifacio, afin de pouvoir entraîner plus facilement les populations de l'île à la révolte.

Vraies ou supposées, ces menées inquiétèrent la Banque de San-Giorgio, qui était alors souveraine de la Corse et le gouverneur Giovan-Maria Spinola fut avisé d'avoir à procéder à l'arrestation de Sampiero. Celui-ci appelé à Bastia, s'y rendit avec Francesco d'Ornano, ce dont il se repentit sur le champ car le gouverneur le retint dans la citadelle. Franco passa aussitôt sur le continent, et informa le roi de cette arrestation non justifiée. Henri II envoya des députés à Gênes et Sampiero fut remis en liberté.

Il était temps : le gouverneur avait bien reconnu l'inconsistance de l'accusation, mais, ayant pu apprécier le caractère énergique et vindicatif de Sampiero, sachant son influence sur les populations, il était convaincu d'éviter à sa patrie de terribles dangers en le faisant mettre à mort.

Libre, Sampiero ne se fit point d'illusion sur l'importance du péril auquel il venait d'échapper. Et l'on peut déclarer hardiment que dès l'instant où il fut hors de sa prison, Sampiero déclara la *vendetta* à la république.

Il employa dès lors son activité à lui susciter des ennemis. Lié avec le cardinal du Bellay, il fit rappeler par celui-ci au roi Henri II les projets de son père sur la Corse ; l'île était possession génoise et Gênes l'alliée de Charles-Quint : la conquête en serait facile. En 1553, l'expédition fut décidée.

La campagne des Français en Corse, la soumission de l'île sont du ressort de l'histoire générale. Sampiero se montra à la hauteur des circonstances et justifia l'espoir que le roi avait mis en lui. Malheureusement, le traité de Câteau-Cambresis qui enlevait plus à la France en un jour « qu'on ne lui aurait ôté en trente ans de revers » rendit la Corse aux Génois.

Mais Sampiero n'oubliait pas. Pendant quatre ans, il ne cessa de parcourir l'Europe, sollicitant de tous aide et secours. Reçu par les cours de Navarre et de Florence avec beaucoup d'égards, il n'en obtint cependant que des promesses. Il résolut alors de s'adresser aux princes musulmans Khaïr-Eddin Barberousse, le célèbre corsaire, l'accueillit en Alger avec de grands honneurs. Il s'apprêtait à se rendre à Constantinople, quand il reçut l'accablante nouvelle que sa femme entretenait des intelligences avec les Génois, qu'elle avait tenté de s'enfuir et que sans l'intervention d'Antonio da San-Firenzo, son ami dévoué, qui l'avait retenue, elle emportait son fils à Gênes où elle avait décidé de se retirer.

Ce fut un coup de foudre pour Sampiero qui s'empressa de rentrer à Marseille. Là, un de ses compatriotes, riche négociant, Tomaso Lencio, le mit au courant des moindres détails de l'affaire à laquelle certains écrivains ont voulu mêler une amoureuse intrigue. Il ne résulte pas des documents qu'ils aient été bien informés. Voici, d'après Filippini, contemporain de Sampiero, ce qui s'était passé :

Pendant la guerre précédente, les Génois avaient pu estimer la mesure du ressentiment que Sampiero nourrissait contre eux; ils savaient que ce ressentiment n'était pas apaisé et ils s'efforçaient de le réduire à l'impuissance. Ayant appris qu'il se disposait à faire un voyage dans le Levant, ils n'épargnèrent aucun effort pour que Vannina, sa femme, allât résider à Gênes; ils pensaient que s'ils réussissaient, ils n'auraient plus rien à craindre de lui. Pour arriver à ce but, ils se servirent d'un certain Agostino Baccigalupo, qui se rendait souvent à Marseille pour ses affaires, et du prêtre Michel Angelo Ombrone, en qui Sampiero avait la plus grande confiance et qu'il avait même chargé de l'éducation de ses fils, Alphonso et Anton' Francesco. Ces deux personnages exposèrent à Vannina qu'en allant à Gênes, elle assurerait à jamais sa tranquillité et son repos, parce qu'elle rentrerait ainsi en possession de deux maisons d'une valeur considérable que Sampiero avait vendues dans cette ville, et qu'elle obtiendrait plus tard le pardon de Sampiero. A force d'insister sur ces raisons, Agostino et Michele Angelo firent si bien que Vannina entra dans leurs vues, « la femme étant, comme on dit, mobile par tempérament. »

Sa résolution étant prise, continue Filippini après sa judicieuse observation, comme il n'y avait personne qui pût l'arrêter, elle fit partir d'avance, en secret, tout ce qu'elle possédait de plus précieux ; puis, elle s'embarqua sur une frégate bien armée et quitta Marseille pendant la nuit, emmenant Anton' Francesco, son plus jeune fils ; le prêtre Michel' Angelo Ombrone l'accompagnait.

Le lendemain matin, Antonio de San-Firenzo, à qui Sampiero avait confié le soin de veiller sur Vannina, apprenant sa fuite, monta sur un autre vaisseau armé et se mit à sa poursuite. Un matin (le surlendemain probablement), au point du jour, il l'atteignit au cap d'Antibes.

Dès que Vannina vit le bateau qui portait Antonio, elle comprit qu'elle serait rejointe et voulut gagner la côte pour se sauver, mais elle n'en eut pas le temps. Antonio de San-Firenzo, qui était accompagné de douze corses, l'arrêta au nom du comte de Fiesque, général des galères du roi, et la remit au nom du roi de France au commandant de la forteresse d'Antibes, pour qu'il l'envoya sous escorte à Aix où se tenait la grande Cour de Provence. Au dire de Vannina, qui raconte elle-même son arrestation dans une lettre adressée aux membres du gouvernement génois, le 15 janvier 1563, Antonio se conduisit brutalement avec elle, la menaça de mort et l'accusa de s'enfuir pour conclure, sous les auspices de la république, un nouveau mariage avec un gentilhomme génois.

Sampiero, comme nous l'avons dit, s'embarqua donc pour Marseille. Comme chacun, sur le navire, se perdait en conjectures sur la conduite de Vannina, un bavard se mit à dire étourdiment qu'il savait depuis quelque temps déjà ce qui devait arriver. Sampiero, fort irrité, lui demanda pourquoi il avait gardé le silence jusqu'à ce moment. L'autre répondit « qu'il craignait de mourir comme Florio da Corte, que Vannina avait fait assassiner par un de ses esclaves, pour arrêter le cours de ses indiscrétions. » L'imprudent ne survécut pas à son audacieuse confidence. Sans daigner répondre, Sampiero le poignarda de sa propre main.

Arrivé à Marseille, renseigné comme nous l'avons dit par Tomaso Lencio, Sampiero partit pour Aix où était sa femme. Il arriva de nuit devant la maison ; il y attendit, en se promenant, le lever du soleil. Le premier valet qui sortit lui apprit que sa femme était encore couchée. Il entra et la trouva au lit, surprise de son arrivée.

On a peu de détails sur cette entrevue et sur le drame qui devait succéder. Filippini, qui dédiait son histoire au fils de Sampiero et de Vannina ne pouvait aisément s'étendre sur des points aussi délicats. Sampiero voulut sur-le-champ conduire sa femme à Marseille, mais les autorités de la ville, probablement averties, s'y opposèrent. Cependant, Vannina ayant déclaré qu'elle était prête à suivre son mari partout où il voudrait l'emmener, ils se rendirent à Marseille.

En arrivant chez lui, Sampiero trouva la maison entièrement dépouillée, Vannina, comme nous l'avons dit, ayant expédié à Gênes ce qu'elle possédait de plus précieux. Sampiero en fut exaspéré, car il ne pouvait plus douter que Vannina n'eût quitté Marseille sans espoir de retour. Néammoins, il ne donna pas cours immédiatement à sa colère. L'acte auquel il se résolut fut mûrement réfléchi et semble-t-il froidement exécuté. Quand, après plusieurs jours de vie commune, il lui eut signifié sa résolution de la faire mourir, elle ne s'abandonna pas à des supplications inutiles et la seule faveur qu'elle sollicita fut de recevoir la mort de sa propre main. Soumission à la fatalité, résignation à une volonté qu'elle savait inexorable, ou habileté suprême d'une coquette qui entrevoit dans cette émouvante flatterie une dernière chance de salut !... Où les chroniqueurs ont-ils cueilli ce poétique détail ? On racontait à la cour que Sampiero, sensible à sa prière, la prit dans ses bras, l'embrassa, puis l'étrangla avec une écharpe qu'elle avait brodée de ses propres mains.

Suivant l'usage corse, Vannina d'Ornano, n'ayant pas de frère, c'était à ses cousins que revenait le devoir de venger sa mort.

Ce fut, il est vrai, de la main des plus proches parents de Vannina que périt Sampiero, mais il serait bien hasardé d'affirmer que nul autre motif n'arma leurs bras. Dans cette vendetta, il est hors de doute que l'intérêt personnel et l'inimitié politique remplissent les principaux rôles. Mais, ces rôles furent préparés par les haines que provoqua le caractère violent et tyrannique de Sampiero.

Vannina avait eu dix cousins germains, tous petits-fils d'Alfonso d'Ornano, l'un des hommes des plus sanguinaires de son temps et qui finit par être assassiné lui-même par de proches parents. Ses trois fils firent peu parler d'eux. Toute la sève batailleuse et féroce du grand-père passa aux petits-fils. Vannina en eût-elle sa part ? N'avons-nous pas vu un compagnon de Sampiero lui déclarer qu'elle avait fait tuer par son esclave un corse dont elle redoutait les indiscrétions. Vannina fut la fille unique de Francesco. Bernardino, second fils d'Alfonso, eut six fils, leur destinée est un tableau de l'époque, du pays, de la race.

Les deux aînés s'entretuèrent, et voici dans quelles conditions : « Ces jeunes gens braves et *distingués*, dit Ceccaldi, qui fut leur contemporain, avaient épousé tous les deux des femmes fort belles. Ils devinrent extrêmement jaloux l'un de l'autre, si bien qu'un jour, ils mirent les armes à la main et s'entretuèrent. Je veux dire qu'Anton' Gugliclmo tua Anton' Paolo et qu'un serviteur d'Anton' Paolo le tua à son tour. »

Bernardino, leur frère, à une époque où le courage et l'adresse étaient vertus courantes, étonna ses contemporains par un fait d'armes sans précédent. Pendant la guerre de Corse, il avait pris parti contre les Génois. Après la prise de San-Firenzo par les Français, il se trouva rester avec le commandant en chef Jourdan des Ursins, dans la place que les ennemis ne tardèrent pas à venir assiéger. Pendant trois mois, la garnison supporta héroïquement le blocus et repoussa les assauts des Génois ; les vivres venant à manquer, on commença à manger « les rats, les souris et les lézards », mais la famine décimant les soldats, plus encore que la lutte, Jourdan des Ursins dut se résoudre à capituler. Comme Andrea d'Oria, qui commandait les troupes génoises, ne voulait pas que les Corses bénéficiassent de la capitulation, Bernardino, autant pour ne pas compromettre le succès des négociations que pour ne pas « s'abandonner à la disposition d'un ennemi victorieux, dit Brantôme, prit avec ses gens une résolution téméraire. La ville était investie de

tous côtés par des lignes si étroitement fermées
que personne n'en pouvait sortir. Cet officier,
peu frappé de l'évidence du danger, après avoir
tué tous ceux qui lui firent résistance, forcé les
lignes et fait un grand carnage, s'échappa enfin
des mains des ennemis, et fit voir, par son
exemple, que rien n'est impossible au courage
animé par l'exaspération. »

Cet homme qui avait affronté tous les périls,
qui avait presque dompté la mort, périt victime d'une basse trahison. Bernardino était can-
tonné avec sa compagnie à Mocale, village dis-
tant de Calvi d'environ trois milles. Un officier
génois, Léonardo Giustiniano se concerta avec
le maître de la maison où Bernardino était logé, et fit partir pendant la nuit son lieutenant
avec une partie de la compagnie. Celui-ci as-
saillit Bernardino à l'improviste, tua sept des
Corses qui se trouvaient avec lui, et le laissa
lui-même si grièvement blessé qu'il mourut au
bout de quelques jours.

Quant aux romanesques aventures du quatrième fils de Bernardino, appelé Pier' Giovanni, il faudrait un volume pour les raconter.
Banni de Corse par la justice française, pour

avoir enlevé la fille d'un gentilhomme corse, il tomba, pour comble de malheur, entre les mains des Turcs qui l'emmenèrent en esclavage. Sampiero le rencontra en Alger et le ramena en Corse. Les hasards d'une rencontre le firent tomber aux mains du capitaine génois Francesco Giustiniano. Celui-ci, redoutant que Sampiero ne fût dans les environs et ne voulant pas s'exposer à se faire arracher une capture aussi honorable, le fit décapiter et envoya sa tête à Bastia pour y être exposée au bout d'une pique.

Telle est la version de Giustiniano même. Suivant Filippini, l'insolence de Pier' Giovanni aurait précipité sa perte. Les génois étaient accompagnés d'un détachement de cavalerie sarde. Dès qu'il se vit prisonnier, Pier' Giovanni se tourna vers les gardes et leur dit : « Messieurs et honorables chevaliers, je vous prie de bien vouloir m'arracher la vie de vos propres mains pour ne pas me laisser tomber vivant entre les mains de mes ennemis. » Irrité de ce langage, Francesco Giustiniano descendit de cheval et poignarda de sa propre main Pier' Giovanni. Dans la compagnie du capitaine Sorfaglio, qui était de la suite de Giustiniano se trouvait un soldat du nom de Luca Bonaparte. Nous aurons l'occasion de retrouver ce personnage.

Restait un frère : Orlando. Quoique d'esprit moins remuant, il eut la malechance d'être soupçonné également par Sampiero et par les génois. Par crainte du premier, il se retira à Ajaccio où les seconds l'emprisonnèrent et lui appliquèrent la torture. « Outre la peine de 'a corde, dit Filippini, il subit encore le feu aux pieds et aux mains à deux reprises, et comme il ne fit aucun aveu on le laissa en prison pendant trois ans. »

Nous n'avons pas encore parlé des enfants de Polo, le troisième fils d'Alfonso ; sous les verrous, tout à l'heure à l'œuvre. Pour l'instant, revenons à Sampiero.

⁂

Le 12 juin 1564, celui-ci débarqua avec vingt-cinq Corses et vingt-cinq français. Quelques jours après il était à la tête d'une petite armée avéc laquelle il soutint l'effort des troupes de la république, commandées par ses meilleurs généraux pendant trente mois.

Cette lutte dépassa en horreur toutes les précédentes. Les ennemis ne connaissaient plus de ménagements. Sampiero jetait les prisonniers en pâture à ses chiens ; les Génois torturaient les Corses tombés entre leurs mains avant de les pendre ; les femmes, elles-mêmes, se livraient sur les prisonniers à de monstrueuses cruautés. L'exaspération était à son comble. Les d'Oria brûlaient des villages entiers, malgré les efforts des Corses à leur service pour les en empêcher. Pour les insulaires, pas de neutralité possible ; les habitants de Pozzo di Borgo, sommés de se rendre par un capitaine génois, répondirent par la bouche d'un de leurs chefs : « Dans un cas comme dans l'autre, nous serons brûlés, que ce soit par les gens de Sampiero ou par vous. Puisque notre sort est inévitable, nous préférons mourir de votre main que de celle de nos compatriotes.

Ils voyaient juste. Les Génois soupçonnant leur fidélité, mirent le feu à leurs maisons et comme ils s'enfuyaient vers le camp de Sampiero, celui-ci, les accusant d'espionnage, les fit dévorer par ses chiens.

A Vescovato, Sampiero jeta dans le feu les

prisonniers génois, et poignarda de sa propre main les capitaines corses qu'il prit dans leurs rangs. Nous avons vu, à propos de la mort de Pier' Giovanni d'Ornano, que les officiers Génois ne dédaignaient pas d'employer cette méthode à l'occasion.

Nous avons déjà dit que les instincts violents et la nature autoritaire de Sampiero furent cause de sa perte. Déjà plusieurs de ses compagnons, las de son despotisme, l'avaient abandonné. Au mois de novembre 1566, Sampiero, qui résidait alors à Vico, eut avec un de ses plus précieux lieutenants, Ercole d'Istria, une discussion qui s'échauffa. Celui-ci qui s'attendait à être mieux traité par Sampiero, lui garda rancune et résolut de le quitter.

Sampiero qui avait pénétré son dessein, le surveillait de près. Un jour, Ercole partit, mais Sampiero le rejoignit et le ramena à Vico « parce qu'il savait combien il avait à perdre au départ d'un pareil homme. Lorsqu'ils sont arrivés, Ercole demanda à Sampiero ce qu'il voulait faire de lui. Sampiero lui répondit qu'il voulait l'envoyer à la Cour de France pour servir ses intérêts et son honneur. Ercole ayant répliqué qu'il devait au moins le laisser aller dans sa maison pour y prendre des habits, Sampiero refusa, disant qu'il n'avait qu'à écrire qu'on les lui envoyât. Il écrivit donc chez lui pour les demander, mais, dans cette lettre, il glissa un pli à l'adresse de Raffaello Giustiniano qui commandait pour les Génois à Ajaccio. Il l'informait de tout ce qui était arrivé et lui indiquait le jour où l'ambassade de Sampiero s'embarquerait dans le golfe de Sagone. Il pressait Raffaello d'envoyer par mer une troupe armée pour le faire lui-même prisonnier.

Raffaello, après avoir reçu la lettre d'Ercole, ne perdit point de temps ; il envoya aussitôt plusieurs frégates du côté du port de Sagone. Ercole ne pouvait croire fermement que Sampiero eût dit la vérité en déclarant qu'il voulait l'envoyer en France. Cependant, on lui avait rapporté certain propos tenu par Sampiero qui ne laissait pas de doute sur sa destinée, s'il ne se rendait pas à ses désirs. Le chef ne parlait de rien, moins que de le poignarder de sa propre main.

L'ambassade de Sampiero se composait de

ses plus brillants compagnons : Léonardo da Casanova, plus tard maréchal de camp au service de la France, d'Anton' Panovano de Pozzo di Brando, de Domenico Cataccinolo, riche bourgeois de Bonifacio, de Paris de San-Firenzo et d'Anton' Francesco Cirnucolo, dit le Piovanello (petit curé) de Calvi. Avec eux, partait Ercole d'Istria qu'il recommandait chaudement au roi, espérant que, s'il revenait satisfait, il oublierait son ressentiment et serait, dans la suite, un appui sûr et fidèle. Il voulait surtout le mettre dans l'impossibilité de se rendre à Ajaccio parce qu'il redoutait de le voir passer à l'ennemi.

Sampiero se rendit donc à Sagone avec ses partisans; il fit d'abord embarquer ses ambassadeurs puis les trois hommes auxquels il avait en quelque sorte confié la surveillance d'Ercole. Il dit ensuite à celui-ci de joindre ses compagnons et ajouta que s'il refusait, il aurait lieu de s'en repentir. Ercole déplorant le côté délicat de sa situation si l'attaque qu'il avait provoquée se produisait, se décida à obéir.

Mais, à peine le bateau s'éloignait-il de Sagone que les soldats génois envoyés par Raffaello arrivaient par mer. Ceux-ci aperçurent le vaisseau des Corses encore peu éloigné du rivage, et comme le temps était fort mauvais, ils comprirent qu'il serait obligé de rebrousser chemin et s'arrêtèrent pour l'attendre. En effet, la tempête menaçant, ils le virent bientôt changer de direction et revenir vers la côte. Ils se cachèrent alors avec leur vaisseau, et, lorsque les Corses furent auprès d'eux, ils les assaillirent à l'improviste.

Ceux-ci, qui n'avaient à attendre aucun secours, se jettèrent à la nage pour gagner la côte. Les deux ambassadeurs, Léonardo et Antonpadovano seuls s'échappèrent; Cattaciuolo se noya. Ercole, Paris et le Piovanello furent pris et conduits à Ajaccio Le commissaire général Fornari, récemment arr'vé, reçut Ercole avec affabilité et fit jeter les deux autres en prison.

Sur-le-champ, on instruisit leur procès. Ercole d'Istria, courtoisement invité à dire ce qu'il savait, donna libre cours à son ressentiment et fit une déposition copieuse. Aux deux autres, on appliqua la torture.

Torture cruelle s'il en fut et qui ne dura pas moins de huit jours. A la quatrième séance, le malheureux Piovanello était fou. Sans répondre aux questions qu'on lui adressait au cours des pires supplices, il chantait le *Gloria in excelsis* et le *Miserere*.

Le cinquième jour, il dit au chancelier, chargé d'écrire sa déposition : « Toutes mes chairs seront brûlées, mais tout cela retombera sur ta tête. »

On lui étendit les pieds sur des charbons ardents; il se tourna alors vers le commissaire: « Seigneur Autome, dit-il, vous êtes le bienvenu et je suis votre serviteur. » Puis il perdit connaissance : « Il s'endormit, raconte le procès-verbal et quoiqu'on lui appliqua, pendant environ une heure, la question du feu, il ne répondit pas, persévérant dans un profond sommeil. »

Un matin, le géôlier le trouva mort dans sa prison. Depuis plusieurs jours, déclara cet homme, jour et nuit, il criait et chantait *à la façon des Corses quand ils se lamentent.* Il appelait le diable à haute voix et disait qu'il voulait se laisser mourir de faim et de froid. Il se

couchait tout nu sur des boulets de canon qui
étaient dans sa prison. (Ceci se passait dans
la première semaine de janvier 1567).

S'il faut en croire Filippini, ces boulets aurait fourni au Piovanello le moyen d'échapper
au bourreau. Ayant mis l'un de ces boulets
dans une embrasure assez élevée au-dessus du
sol, et plaçant l'autre à terre, juste au-dessous
du premier, il s'étendit sur le pavé, appuya
sa tête sur le boulet d'en bas comme s'il voulait dormir, puis, faisaint tomber l'autre en
se servant des cordons de ses chausses, il
s'écrasa la tête.

Le 11 janvier 1567, le commissaire rendit le
jugement suivant, dont l'horreur macabre dé-
passe l'imagination. Cette sentence fut prononcée, ironie navrante, *après invocation du nom
de Notre Seigneur Jésus-Christ,* suivant la formule consacrée.

1° Le cadavre de Gio Francesco Cernu-
colo, appelé le Piovanello de Calvi, sera extrait
de la prison, attaché sur un mulet et transporté
au lieu affecté aux exécutions pour y être sus-
pendu à la potence par un pied, la tête tournée
vers la terre.

« 2° Paris de San-Firenzo est condamné à
la mort naturelle. Le susdit Paris ne pouvant
marcher, ses pieds ayant été brûlés, sera extrait de sa prison et conduit à un prêtre pour
qu'il lui confesse ses péchés. Puis, il sera placé
à cheval sur un mulet qui marchera côte à côte avec l'autre. Il sera conduit ainsi au-delà de
la porte de cette ville, à l'endroit où est une
batterie d'artillerie et là, il sera pendu par un
pied, la tête en bas et, ainsi, sera arquebusé
par les soldats. Ensuite, son cadavre sera
transporté sur le mulet au lieu de justice pour
y être attaché par un pied à la potence, la tête
tournée vers la terre. »

De la mort de ces deux hommes, Sampiero
conçut une vive douleur. Les représailles ne se
firent pas attendre. Le lendemain ou le surlendemain, un officier génois, Ettore Ravaschiero,
tomba entre les mains des Corses. Ceux-ci le
lièrent et lâchèrent sur lui quelques chiens des
plus féroces qui commencèrent à le déchirer.
Alors, le Génois se tournant vers Antonio de
San-Firenzo qui commandait, lui dit qu'un sol-

dat et un homme d'honneur ne devait pas souf-
frir sous ses yeux une pareille monstruosité.
Sensible à ces reproches, Antonio fit éloigner
les chiens et dit à Ettore qu'il n'avait pas à
s'étonner d'être traité ainsi quand les Génois
déployaient contre les Corses tant de rigueurs
et de cruautés en recourant au meurtre, aux
galères, à l'incendie et à d'autres traitements
barbares; il lui reprocha la mort de Paris de
San-Firenzo sur qui les génois avaient déchar-
gé leurs arquebuses comme sur une cible;
enfin, après tous ces reproches et beaucoup
d'autres encore, il le tua d'un coup d'arquebuse. Lorsque le commissaire d'Ajaccio apprit
cet événement, il infligea à un Corse, détenu
dans la prison, le supplice qu'avait subi Paris
de San-Firenzo.

La crainte qu'éprouvait Ercole d'Istria de
tomber aux mains de Sampiero le fit hâter sa
vengeance. Il y employa un religieux Corse,
Fra Ambrogio da Bastelica et un autre individu du même village qui servait d'écuyer à
Sampiero et qui en était très particulièrement
aimé; on l'appelait le capitaine Vittolo. Raffaello Giustiniano était en relations quotidien-

nes avec ces différents personnages. Fra Ambrogio, à cause de son habit religieux, pouvait aller aisément à Ajaccio, sans que l'on s'étonnât de ses démarches. Vittolo lui-même, dit-on, s'y rendit parfois secrètement.

L'affaire, d'ailleurs, ne traîna pas. Le 13 janvier, Sampiero, qui résidait toujours à Vico, fut avisé que les habitants de la seigneurie della Rocca se disposaient à se révolter contre lui. « Quelques personnes, dignes de foi, écrit Filippini, prétendent que cet avis avait été envoyé à Sampiero par Fra Ambrogio, Ercole, Raffaello et Vittolo, qui avaient résolu de le faire périr, ce qui ne tarda pas à arriver, en effet. »

Pour se rendre dans la seigneurie della Rocca, Sampiero devait rejoindre la route d'Ajaccio à Sartène, au village de Cauro. Comme il se détournait légèrement de cet itinéraire, Vittolo, qui campait dans cet endroit avec une vingtaine d'hommes, fit en sorte que Sampiero le crût en danger et se portât à son secours. Les Génois avaient groupé non loin de là, dans la plaine de Campoloro, toute leur cavalerie et une infanterie « aussi nombreuse que possible ». Raffaello Giustiniano commandait la cavalerie; avec lui se trouvaient Ercole d'Istria et les cousins de Vannina, Michel' Angelo, Gio-Antonio et Gio-Francesco d'Ornano, fils de Pola (troisième fils d'Alfonso).

Michel' Angelo était le lieutenant de Giustiniano : il partit en avant avec ses frères, quelques cavaliers et une compagnie de fantassins. Les deux troupes ennemies engagées dans un défilé se rencontrèrent plus tôt qu'elles ne s'y attendaient Sampiero, constatant l'inégalité de la lutte, ordonna à son fils de s'enfuir et à sa troupe de battre en retraite. Suivant son habitude, il restait à l'arrière-garde et protégeait la retraite.

Giovan' Antonio d'Ornano le joignit le premier. Sampiero fondit sur lui et lui tira à bout portant un coup d'arquebuse qui ne le blessa que légèrement à la gorge. Sampiero prit une autre arquebuse et voulut en finir avec Giovan' Antonio, mais le coup ne partit pas. On raconta que Vittolo avait mélangé de la terre à la poudre qui chargeait les armes de Sampiero. Giovan' Antonio se rapprocha alors de son ennemi et tenta de le saisir par le milieu du corps; mais celui-ci se servant alors de son arquebuse comme d'une massue, en porta un coup si vigoureux sur la tête de Giovan' Antonio que ce dernier en fut étourdi et faillit tomber de cheval. Néanmoins, il eut encore la force d'enlacer son adversaire; tous deux luttaient, faisant des efforts pour se désarçonner, quand Michel Angelo d'Ornano accourut au secours de son frère. Il porta, dit-on, à Sampiero, un coup d'épée qui le blessa au front. Sampiero, aveuglé par le sang, fut jeté à bas de son cheval par les frères Ornano et criblé de coups d'épée. Selon une autre version, il aurait été frappé par derrière d'un coup d'arquebuse qui l'aurait traversé de part en part.

Cette version était fort contestée par Michel' Angelo et ses frères qui entendaient partager entre eux trois, à l'exclusion de tout autre, la somme promise à qui ferait périr Sampiero — « parce que, disaient-ils, eux trois seulement, sans reculer devant la grandeur du péril, avaient mis fin à la guerre de Corse en tuant l'irréconciliable ennemi de la république, car, c'étaient eux trois, et nul autre, qui l'avaient frappé. »

« Mais les soldats génois alléguaient que pendant que les cavaliers étaient aux prises, c'étaient eux-mêmes qui, en tirant des coups d'arquebuse d'un endroit fort avantageux, avaient frappé Sampiero dans le flanc et l'avaient tué. » On fit une enquête. Le collet et la chemisette de drap portés par Sampiero étaient percés de tant de trous que les experts ne purent se prononcer.

Michel'Angelo trancha la tête de Sampiero et la rapporta en triomphe à Ajaccio (17 janvier 1567). On ne saurait croire aux transports des Génois à la nouvelle de sa mort, si nous n'en trouvions la preuve authentique dans la correspondance des officiers : « Dieu soit loué ! commence le commissaire général Fornari, dans sa lettre au Sénat. Ce matin, j'ai fait mettre la tête du rebelle Sampiero sur une pique à la porte de la ville et une jambe sur le bastion; je n'ai pu réunir le reste du corps, parce que les cavaliers et les soldats ont voulu en avoir chacun un morceau pour piquer à leurs lances en guise de trophées. »

LE CAPORAL BONAPARTE

Par suite de quelles circonstances le capitaine Giovan-Antonio d'Ornano en vint-il à souffleter sur la voie publique Luca Bonaparte, caporal dans l'armée génoise; les dépositions faites par les témoins, lors du procès qui en résulta, offrent de trop sensibles différences pour qu'il se puisse rien affirmer. D'après le capitaine, Luca aurait appliqué l'épithète de traîtres à la collectivité des Corses et, en riposte, Ornano avait détaché sur la face du caporal un soufflet retentissant.

Giovan-Antonio était un homme de mœurs violentes, et, depuis la mort du terrible chef corse Sampiero, que lui et ses frères avaient tué de leurs propres mains, l'orgueil et la jactance des Ornano ne connaissaient plus de limite; car ils estimaient que l'importance du service rendu par eux à la république devait leur assurer à jamais l'impunité.

Au reçu du soufflet, Luca, bondissant, avait porté la main à son épée, mais avant qu'il eût pu s'en servir, trois compagnons de Giovan-Antonio — tous Ornano — dégaînaient, et l'un d'eux, qui jadis avait eu les pieds brûlés, en subissant la torture, brandissait sur la tête du caporal le bâton dont il se servait ordinairement pour s'appuyer, geste que l'instruction lui reprocha.

L'affaire prenait un caractère de haute gravité; car déjà Corses et Génois se rangeaient qui d'un côté, qui de l'autre; et Ajaccio était une ville où les rixes dégénéraient le plus souvent en batailles. La présence d'esprit d'un officier supérieur de l'armée génoise, Fabrizio Spinola, arrêta le sang prêt à couler; il fit emmener sur-le-champ Luca Bonaparte et ajourna l'arrestation de Giovan-Antonio, qui se trouva fort surpris lorsqu'il fut invité, le lendemain, à se rendre auprès du commissaire. Celui-ci, après l'avoir retenu quelque temps, l'autorisa, moyennant une caution assez forte, à garder les arrêts dans sa maison. Ce dont les

Ornano se trouvèrent fort irrités; et, sur un ton gouailleur et impertinent, ils demandèrent la mise en liberté de leur frère : « Parce que nous avons tué Sampiero de Bastelica, chef des rebelles, dirent-ils, voilà que nous sommes les assassins de Luca Bonaparte, soldat de la garnison d'Ajaccio. Giovan-Antonio a souffleté un soldat. Eh bien ! d'après les statuts criminels de Corse, ce fait est passible d'une amende de dix à cent livres. Il paiera son amende, mais, pour Dieu, qu'on le laisse tranquille !... » Les petits ont toujours tort; les supérieurs de Luca l'engagèrent à faire la paix avec les Ornano, et comme, jugeant tout arrangement dans ce sens indigne d'un soldat, il ne s'y décidait pas, on l'expédia sur Calvi avec quelque avancement (1572).

..

Plusieurs années avaient passé, et l'aventure du caporal Bonaparte était oubliée, quand, un matin, les domestiques de Giovan-Antonio trouvèrent sur le seuil de la maison leur maître expirant, la main gauche collée à une blessure qui lui déchirait le flanc, la main droite

traversée d'un poignard brisé. On remarqua
en outre sur la porte une traînée de sang partant à hauteur d'homme d'une tache d'un rouge
plus noir, figurant un astérisque ou l'empreinte
de cinq doigts écartés. En regardant de plus
près, on retrouva la pointe du poignard enfoncée dans le bois de la porte à l'endroit figurant
la paume de la main. Alors on comprit que le
capitaine avait été littéralement cloué à sa propre demeure.

Il expira sans avoir prononcé une parole. Le
commissaire d'Ajaccio ouvrit une enquête;
mais la ville était peuplée de trop de gens
ayant à se plaindre de Giovan-Antonio pour
qu'on pût donner préférence à l'un d'eux. Un
réfugié français de Toulon, marié à une bohémienne se livrant à divers métiers inavouables,
fut cependant arrêté, mais peu de temps, car il
établit par témoins qu'il était resté jusqu'à
l'aube à une veille mortuaire. Il ajouta, qu'assez avant dans la nuit, Giovan-Antonio était
venu quérir chez lui des simples pour se soulager d'un mal de dents.

L'enquête, poussée sans aucun zèle, n'aboutit
pas. Les Ornano soupçonnèrent du meurtre une

famille de Bastelica avec laquelle ils restèrent
en inimitié pendant vingt ans. Cependant, certains se remémorèrent le soufflet donné par
Giovan-Antonio au caporal Bonaparte, et de
nouvelles rumeurs circulèrent relativement à
la mort de celui-là.

Luca, venu secrètement à Ajaccio, après s'ê-
tre informé des habitudes de Giovan-Antonio,
apprit que le capitaine avait accoutumé, certaines nuits, de passer quelques heures dans
l'hospitalière maison. Cette fois justement, Luca dut attendre son ennemi jusqu'à l'aube;
d'aucuns dirent qu'il était caché lui-même chez
la bohémienne, et que, lorsqu'il entendit Ornano se préparer à partir, il courut d'une haleine
se blottir sous le porche où il avait médité
d'accomplir sa vengeance.

Le duel — s'il y eut duel — ne dura pas
longtemps; selon les uns, Giovan-Antonio, se
sentant blessé, s'efforça de se rapprocher du
portail, et, à sa surprise, vit que Luca lui laissant le champ libre, prenait le côté opposé; un
coup d'épée dans le flanc le précipita contre la
porte les bras étendus, désarmé.

7

Ce fut alors que, de son poignard, Luca aurait fixé sur le bois la main qui l'avait souffleté. Suivant une autre version, Bonaparte, après avoir blessé mortellement Giovan-Antonio, l'aurait soulevé par les bras et aurait exécuté froidement ses terribles représailles. Mais, de tout ceci, on ne saurait rien affirmer; si une partie de cette chronique légendaire repose ponctuellement sur des documents, l'autre ne peut appuyer son authenticité que sur un récit sorti plus tard de la bouche de Luça Bonaparte, car le mystère le plus profond régna toujours sur cet événement (1).

Giovan-Antonio fut le trisaïeul de Louis d'Ornano, qui épousa Isabelle Bonaparte. De cette union naquit Philippe-Antoine d'Ornano, maréchal de France, mort gouverneur des Invalides en 1864

---

(1) Extrait du *Nid de l'Aigle, Napoléon, sa Patrie, son Foyer, sa Race*, par Colonna de Cesari Rocca.

NASONE

Jeune encore, Nasone (grand-nez) à qui les dimensions exagérées de son nez avaient valu ce surnom, vint s'établir à San-Martino di Lota, non loin de Bastia. Soit que sa taille gigantesque (il atteignait presque deux mètres) et son énorme corpulence humiliassent ses voisins, soit que la vue de son nez leur fût intolérable, Nasone, dont la bonté et la sottise s'ébattaient en paix dans un crâne vide et démesuré, se vit bientôt l'objet d'une animosité sourde de la part des habitants de San-Martino.

L'un d'eux, la lui manifesta de la façon la plus méprisante pour qui connaît les mœurs corses. Il afficha la prétention de passer de force dans une vigne appartenant à Nasone. Celui-ci s'y opposa. D'où procès.

Dans toutes les juridictions successivement

épuisées : citation au possessoire, assignation devant le tribunal de 1re instance au pétitoire, appel à la cour, recours en cassation, Nasone obtint gain de cause; on s'imagina l'affaire réglée, et l'état des frais et dépens fut présenté au vaincu. Celui-ci répondit à la sentence qui le condamnait en déclarant la vendetta à l'adversaire favorisé des hasards d'une justice légale.

Implicitement, venait d'être prononcé le fameux « Garde-toi » corse : *Se il sole ti vede, il mio, piombo ti tocca* (1).

Alors, Nasone se retrancha dans sa demeure; il en barricada les fenêtres pour y établir des « archere ».

La première fois qu'après avoir laissé s'écouler un long intervalle, il risqua de s'aventurer hors de sa retraite, son ennemi armé d'une serpette sauta sur lui; il s'ensuivit une lutte terrible dans laquelle Nasone fut terrassé, sa force ayant succombé sous l'adresse rusée de son adversaire; mais, au moment où celui-ci s'apprêtait à lui écraser la tête d'un tronc d'arbre, des

______

(1) Si le soleil te voit, mon plomb te touche.

paysans accourus interrompirent la besogne du meurtrier qui gagna le maquis.

De cet instant la vie de Nasone fut une suite de supplices, car la haine qui le poursuivait avait résolu maintenant, avant le coup de la *mala morte*, la mutilation de ce corps de géant.

Et cela dura trois ans, trois ans au cours desquels Nasone fut la cible de cette volonté homicide qui osa, à quelques kilomètres de Bastia, et sous les yeux de la gendarmerie, commandée à cette époque par le colonel de Guénée, quatre attaques consécutives — véritables assauts livrés à une redoute corporelle pour la démantibuler pièce à pièce — et inouïes d'audace.

Successivement, Nasone eut la gorge perforée, le crâne fendu, la main fracassée; et quand il parut au bandit que l'état de sa victime était bien selon le souhait de son diabolique désir, il songea à abattre définitivement ce débris humain.

A cette fin, il poussa la hardiesse jusqu'à attendre Nasone au coin d'un bois un jour où celui-ci se rendait au marché, et, près de l'usine même de Toga, il lui tira un coup de fusil presque à bout portant : la balle entra par l'œil et alla sortir par l'oreille; Nasone tomba inanimé; longtemps, il demeura sans mouvements et l'on put croire que la vie allait abandonner ce grand corps abîmé; il n'en fut rien.

Cependant, il comprit qu'il ne pouvait séjourner plus longtemps à San-Martino di Lota, et il s'en fut chercher un asile dans un des quartiers les plus populeux de Bastia. On y vit alors errer, vivant symbole de l'implacable vendetta, en des allures apeurées d'animal traqué, cette chose innomable qu'est un homme auquel il ne reste plus d'intacts qu'une jambe, une main, un œil et une oreille.

D'ailleurs, là encore, il ne pouvait vivre en repos; sa profession de cultivateur ne lui faisait-elle pas une nécessité de visiter de temps à autre sa petite exploitation rurale ? Il avait imaginé, afin d'éviter une terre trop perfide, de se fier à la mer pour ce court trajet. Et, de loin en loin, on le voyait avec tout un arsenal d'armes, de munitions, partir à l'arrière d'un canot qui longeait à une distance prudente une côte scrutée d'un regard inquiet. Puis quand étaient passés les pittoresques villages de Casavecchie,

d'Astima, de Guaïtella, de Sainte-Lucie, quand
on était parvenu à la hauteur de San-Martino
di Lota, l'esquif était dirigé vers une petite cri-
que où Nasone débarquait. Après avoir fait
éclairer le sentier par deux de ses parents, il se
dirigeait en toute hâte vers sa propriété.

... Une nuit, sur l'ordre d'un colonel, quatre
gendarmes quittèrent leur caserne, et, en secret, furent introduits dans la maison de campagne de Nasone. Le surlendemain, le pour-
chassé lui-même voyageait en grand apparat,
et venait s'y installer ostensiblement. Il avait
espéré que sa présence allait attirer le bandit
auquel cinq fusils qui portaient loin le plomb
étaient prêts à faire accueil.

Celui-ci flaira-t-il le piège ? toujours est-il
qu'il ne vint pas; mais cependant que la petite
garnison faisait honneur au vin, à la viande
salée et au « bruccio », prévenu que la campagne était libre, il mettait le feu à la grange
de Nasone et ravageait ses récoltes.

Dans cette nouvelle défaite, en sa nature su-
perstitieuse de Corse, Nasone vit peut-être le
signe de la fatalité; ce qu'il y a de certain, c'est
qu'il se reconnut vaincu, et demanda à capitu-

ler. Son bourreau daigna accepter d'entrer en pourparlers et fixa à telles conditions la paix dont pourrait jouir Nasone : qu'il eut à *accorder le passage interdit*, à payer les frais du procès, et, en outre, à lui verser 1.200 francs, afin de lui donner les moyens de gagner l'Amérique.

Nasone ayant consenti, put regagner sa demeure et voir la fin de cette persécution démoniaque dont il avait été le misérable objet.

Jusqu'à sa mort pourtant, cette atroce vendetta devait avoir une effroyable répercussion. Non seulement elle avait modelé à coups de fusil un être au physique d'épouvante, mais encore dans la moelle de cet être, elle avait infiltré le poison subtil et torturant de la peur.

Un pas qui semblait s'acharner un peu après le sien, Nasone, le sentait à ses talons; un froissement insolite de feuillages, et sa colossale stature était secouée d'un tremblement nerveux.

Et rien que je sache de plus pitoyable que la pensée de cette force démembrée, tourmentée par cette peur d'enfant.

GALLOCHIO

Le voyageur qui se rend à Ampriani, chef-lieu d'une petite commune de l'arrondissement de Corte, aperçoit sur une colline qui domine la rive gauche de Corsigliese, affluent du Tavignano, au milieu d'un épais massif de châtaigniers, une maison isolée qui précède le village.

Elle était habitée en 18.. par Antonmarchi (Louis), propriétaire aisé, laborieux, mais avare et détesté de tous ses voisins. Il avait plusieurs enfants mâles et trois filles. L'aîné, qui devait perpétuer la famille, d'après l'antique usage du pays, s'appelait Joseph, mais on l'avait surnommé Gallocchio (petit coq), parce qu'il était très petit de taille et très éveillé. Dès son enfance, il avait eu à subir la tyrannie et les mauvais instincts de son père : car ce vieillard n'était entouré que d'ennemis, et il savait bien que le jour où les infirmités l'atteindraient, ceux-ci, et ils étaient nombreux, ne manqueraient pas de se venger de toutes les méchancetés qu'il leur avait fait endurer. Pour s'en défendre, il cherchait à inculquer ses sentiments de haine et de vengeance dans l'esprit de son fils.

Un jour que ce dernier rentrait pleurant et couvert de sang au domicile paternel, Antonmarchi lui demanda pourquoi il avait été battu et quels étaient ses agresseurs. L'enfant, pour se justifier, allégua que deux de ses camarades plus âgés que lui, s'étaient réunis contre lui et qu'il avait succombé dans la lutte. A ces mots, son père le maltraita si brutalement que l'enfant en fit une maladie ; il lui répétait sans cesse : *Dans notre famille, un homme doit en terrasser quatre.*

Il est facile de prévoir quels devaient être les résultats d'une telle éducation. Cependant, Gallocchio grandissait et intéressait ceux qui le connaissaient, soit par les mauvais traitements que son père lui faisait subir, soit par son intelligence précoce.

Le curé d'Ampriani l'attira chez lui ; il lui apprit à lire, à écrire, à compter, et même quelque peu de latin. Mais son père n'approuvait par ce genre d'éducation, et il aimait mieux le voir courir dans les maquis et s'exercer au maniement des armes à feu.

Lorsqu'il eut atteint sa dix-huitième année, son père voulut le marier, soit pour éviter qu'il embrassât la carrière ecclésiastique, soit pour qu'il se conformât aux usages du pays qui exigent que les jeunes gens se marient fort jeunes.

Gallocchio dut subir la volonté paternelle et se marier : ceci le contraria vivement, et le porta à s'adonner au travail avec une énergie qui n'est pas habituelle aux Corses. Il apporta dans la culture d'un petit enclos qui faisait partie du hameau de Casevecchie toute la passion de son âge et toute la volonté que met une âme fortement trempée dans l'accomplissement d'un devoir qu'elle s'est imposée. Il paraissait heureux de ce genre de vie, et son père, qui profitait de son travail, semblait avoir oublié ses idées de mariage, lorsque des voisins riches, émerveillés de sa conduite, de son amour pour

le travail et de sa bonne mine, conçurent l'idée
de l'avoir pour gendre.

Gallocchio ne comprit rien aux politesses dont
il était l'objet de la part de ses voisins; malgré
les provocations de Rosola, il ne paraissait
point faire attention aux beaux yeux de sa fille
Louise, qui était cependant une superbe enfant de quinze ans; soit qu'il n'éprouvât aucun
penchant pour elle, soit qu'il crût que c'était
porter trop haut ses prétentions. Mais comme
cette femme était ambitieuse et volontaire, elle
l'attira chez elle, elle lui fit part de ses projets
et le présenta à Louise comme son futur époux.
A cet âge, et dans les conditions où ils se trouvaient l'un et l'autre, ces jeunes enfants s'ai-
mèrent, ce qui fit le bonheur des deux familles.

Antonmarchi, le père, trouvait dans cette
union deux avantages qu'il n'avait jamais osé
espérer; d'abord, il s'alliait à une famille nombreuse et puissante, ce qui lui donnait toute
sécurité pour sa personne; en second lieu, il
était fier de voir que son fils épousait une riche
héritière, Gallocchio n'envisageait pas les choses de la même manière; il craignait de prendre

un engagement, qui pour tout autre que lui, habitué à peser les actions avec un bon sens au-dessus de son âge, eût réalisé à la fois le bonheur de son cœur et les rêves de son ambition. Il fit souvent part de ses inquiétudes au père et à la mère de Louise ; tous deux repoussèrent bien loin cette réserve et n'eurent point de peine à lui faire partager leurs espérances. Si bien qu'il fut décidé que l'*abbraccio* aurait lieu immédiatement. « *N'oubliez* pas, dit Gallocchio à Rosola et à son mari, *qu'à partir de ce jour vous avez engagé votre âme au diable.* »

Ces paroles sont textuelles, et elles ont un sens très significatif pour quiconque connaît les mœurs corses.

L'*abbraccio* ou *l'amicitia* précède toujours le mariage ; lorsque les deux familles sont d'accord pour faire une demande de mariage, celle du futur se rend au domicile de la future. La jeune fille se place au milieu de tous ses parents, le jeune homme en fait de même, et c'est en leur présence que les vieillards règlent les conventions de la dot et de tout ce qui a trait aux questions d'intérêt. Lorsque tout le monde est d'accord, le père du jeune homme se lève et

demande à la jeune fille si elle veut sérieusement
et librement prendre son fils pour mari et accomplir les devoirs que le titre d'épouse lui
imposera. Si elle répond affirmativement, elle
s'assied. Puis, le père de la fiancée adresse les
mêmes questions au jeune homme. S'il répond
de la même manière, il se met debout, s'avance
vers la jeune fille, les parents se lèvent également-
ment, se prennent par la main et forment cercle autour des futurs époux.

Quelqu'un de la troupe chante des vers com-
posés pour la circonstance et l'on fait une ron-
de en chantant en cadence. Lorsque les chants
sont finis, le fiancé donne solennellement le
baiser des fiançailles en présence de toute la
famille, la fiancée le rend à son fiancé ; puis
on tire des coups de pistolet, on chante, et
tous, parents ou amis, prennent part au ban-
quet de fiançailles.

L'abbraccio n'a aucun caractère légal, ceci
n'est pas douteux, mais d'après les mœurs et
les coutumes de la Corse, c'est lui seul qui en-
chaîne les époux l'un à l'autre. Le consentement
donné devant l'officier de l'état civil, la béné-
diction nuptiale elle-même ne fait que confir-

mer un engagement contracté au sein de la famille. Ceci est digne de remarque, surtout chez une nation très attachée à ses principes religieux, et qui n'a jamais eu à subir les déchirements des luttes de religion. L'abbraccio est un engagement si complet, si absolu et si solennel, que souvent la jeune fille vit maritalement, dès ce moment, avec son fiancé. Le plus grand crime que l'un et l'autre puisse commettre, l'affront le plus sanglant qu'ils puissent faire, l'action la plus immorale dont ils puissent se rendre coupables serait de manquer à la parole donnée. L'affront serait si sanglant que la famille toute entière serait déshonorée, et que celui qui aurait rompu son engagement serait hué sur la place publique comme celui qui, sur le continent, aurait forfait à l'honneur.

La cérémonie civile et religieuse du mariage avait été fixée au 15 août suivant, d'après l'usage généralement suivi.

Depuis l'abbraccio, les fiancés avaient continué à se fréquenter publiquement et leur amour avait grandi avec l'espérance d'un bonheur prochain. Les deux familles semblaient devoir jouir d'une félicité mutuelle, lorsque tout à coup Gallocchio apprit que Louise devenait infidèle et qu'elle allait se marier avec un de ses cousins qui était beaucoup plus riche que lui.

Il employa auprès de Rosola et de Louise toute l'éloquence que donne une âme ardente et pure, lorsqu'elle est sous l'empire d'un amour sincère, pour leur faire abandonner un projet qui serait la cause de la mort d'un grand nombre d'hommes. Il leur représenta l'opprobre que leur manquement à la foi jurée ferait retomber non seulement sur lui-même, mais encore sur toute sa famille, ajoutant que quant à lui, il ferait peut-être le sacrifice de son affection pour le bonheur de Louise, si elle l'exigeait, mais qu'il ne pouvait sacrifier l'honneur de sa famille dont il allait devenir le dépositaire.

Louise, sommée devant sa mère de s'expliquer, répondit qu'elle était liée par l'abbraccio avec son fiancé, qu'elle l'aimait, qu'elle l'épouserait ou bien qu'elle ne se marierait jamais. Malgré cette réponse, conforme au mouvement de son cœur et à la parole donnée, Rosola employa tous les moyens pour obliger sa fille à violer son serment.

Louise, pour se soustraire à la tyrannie de sa

mère résolut, d'accord avec son fiancé, de fuir la maison paternelle et d'aller demander protection à l'un de ses oncles, ce qui fut exécuté dès le lendemain.

Les parents de Louise se mirent aussitôt à sa recherche. Son père semblait avoir changé de résolution, approuva son choix et lui donna sa parole que son mariage avec Gallocchio serait célébré aussitôt après l'accomplissement des formalités légales. Cependant, il demanda, avant de se retirer, la permission à son fiancé de parler à Louise sans témoins.

Le lendemain de cette scène, au matin, Gallocchio s'aperçut que sa fiancée s'était sauvée pendant la nuit ; il se mit à sa poursuite et la rejoignit au village d'Ampriani. Il la trouva entourée de tous ses parents et la somma de s'expliquer publiquement, ce qu'elle fit en disant : *Je vous ai suivi de mon plein gré, je vous ai quitté de même ; j'ai été par vous, traitée et respectée comme une sœur, mais je ne puis résister plus longtemps aux obsessions de mes parents.*

— Hier, reprend Gallocchio, je me serais fait

8

tuer pour vous, aujourd'hui, je vous méprise et je vous rends votre liberté. Je ne me marierai jamais, parce que je suis votre fiancé, mais j'exige que vous agissiez de même tant que je vivrai.

Il fallait à Gallocchio une grande force d'âme pour ne pas laver immédiatement cette injure dans des flots de sang et braver ouvertement l'opinion publique. Son père, dont la haine, un instant assoupie, s'était réveillée plus ardente que jamais, le poussait à entrer en vendetta. Mais il ne s'y croyait pas obligé parce que l'outrage, d'après lui, retombait bien plus sur la jeune fille et sur sa famille que sur lui-même; puis il lui était difficile de passer subitement d'un amour vrai à une haine sanglante.

Les choses en étaient là, lorsqu'il apprit que la famille de Louise, d'accord avec ses cousins, avait déposé au parquet de Bastia une plainte contre lui, sous prétexte qu'il avait *enlevé Louise de vive force*. Cette action infâme le trouva moins de sang-froid que la trahison de sa fiancée.

Cependant, il pria instamment Rosola de retirer cette dénonciation, qu'elle savait bien être un mensonge ; que sans cela, il serait contraint d'entrer en vendetta avec sa famille, son mari et elle, jurèrent que cela était fait et qu'ils n'avaient rien à redouter de leur part.

Malgré cette assurance formelle, les gendarmes se présentèrent le lendemain au domicile de Gallocchio pour l'arrêter ; mais, prévenu à temps par des amis dévoués, il avait pris la fuite. Il alla trouver le curé qui l'avait élevé, et le pria de se rendre auprès de Rosola et d'employer toute son influence vis-à-vis de cette famille pour la faire renoncer à des poursuites injustes contre lui. Il employa également le *Parolante*, homme de paix; mais toutes ses démarches devinrent inutiles. Sa prudence et sa modération passèrent même aux yeux de ses ennemis, pour une lâcheté. Après cette dernière tentative, Gallocchio, poussé par son père, déclara la vendetta à cette famille parjure, en employant les termes consacrés : « Je me garde, gardez-vous. »

La famille de Rosola, qui était nombreuse, puissante et à laquelle deux cousins jeunes et braves, vinrent prêter l'appui de leurs bras, considéra Gallocchio comme un adversaire peu redoutable ; elle pensa en venir facilement à bout ; sa déception devait être prochaine.

Antonmarchi, qui surveillait le mari de Rosola bien plus activement que son fils, apprit qu'il était allé voir une de ses parentes dangeureusement malade, et qu'il traverserait infailliblement une gorge qui était le seul endroit par lequel il pût passer ; il sut également qu'il ne serait accompagné que d'un Lucquois. Il persuada à son fils, soit en employant les menaces, soit en excitant le sentiment de haine qu'il lui supposait contre le mari de Rosola, soit en lui montrant le mépris dans lequel il tomberait lui-même dans l'opinion publique en ne tirant pas vengeance de l'affront que tous les deux venaient de subir, il persuada, disons-nous, à son fils de se poster dans le chemin par où il devait passer et de le tuer. Gallocchio se rendit à l'endroit que son père avait désigné et éprouva un serrement de cœur, auquel il ne s'attendait pas, à l'idée de tuer le père de Louise. S'il l'avait rencontré dans un de ces moments de crise qu'il ressentit à la nouvelle de l'outrage que sa famille recevait, il comprenait alors que, s'élancer sur son fusil et satisfaire sa vengeance, c'était peut-être un acte légitime; mais attendre, caché dans un maquis, qu'un homme vînt se mettre au bout de sa carabine pour le tuer, cette idée lui faisait battre le cœur avec tant de violence qu'un moment il hésita et voulut fuir. Mais la crainte d'être tué par son père le retint.

C'est alors qu'il pactisa avec sa conscience, qu'il trouva des biais pour légitimer son attaque et qu'il fit appel au hasard de la question de savoir s'il tuerait cet homme. Il traça sur la terre un cercle étroit, prit trois petites pierres, les lança en l'air en fermant les yeux, et jura de se retirer si aucune pierre ne tombait dans le cercle, et de le tuer si une seule y rentrait. Le destin fit que l'une de ces pierres s'arrêta au milieu du rond, juste au moment où le mari de Rosola vint à passer. Il était à cheval et suivi d'un Lucquois. Comme tous les Corses de cette époque, il était armé d'une carabine et de deux pistolets; il reconnut Galloochio et déchargea sur lui un de ses pistolets. Il le manqua, mais son ennemi lui lo-

gea une balle dans l'œil droit et l'étendit raide
mort. Le Lucquois qui était étranger à cette
scène, le regarda de sang-froid et vit Gallocchio fuir comme un moufflon à travers le
maquis.

Le Lucquois prit tout ce qui appartenait à
son maître et continua sa route, tenant en laisse le cheval qu'il montait. Lorsque Rosola vit
venir cet homme seul, elle se douta du malheur
qui lui était arrivé et chercha à exciter les habitants du village à la poursuite de Gallocchio,
mais ils restèrent insensibles à ses larmes et à
ses propositions.

Gallocchio, après ce premier crime, se diri-
gea en toute hâte vers Matra et trouva un des
cousins de Louise occupé dans sa vigne avec un
de ses neveux, enfant d'une dizaine d'années ;
il le coucha en joue avant que son ennemi eût
eu le temps de prendre son fusil, qu'il avait eu
l'imprudence de laisser loin de lui, le fit mettre à genoux, lui permit de faire son acte de
contrition, et lui fracassa le crâne. L'enfant,
toujours à genoux, les mains jointes, faisait
sa prière pendant cette lugubre exécution. Gallocchio le traita avec bonté, car les enfants et

les femmes ne sont point compris dans la vendetta et il lui fit jurer sur le corps de son oncle qu'il ne violerait jamais la foi donnée et
qu'il ne persécuterait pas d'innocent.

Il rechargea son fusil et disparut dans les
maquis.

Rosola, veuve, privée de l'appui de ses neveux, conçut le projet infernal de trouver un
protecteur dans la famille même de Gallocchio
et de recommencer la lutte; elle jeta les yeux
sur Cesario, cousin germain de Gallocchio qui
avait six frères, tous aussi énergiques que lui-
même. Celui-ci employa des amis communs
pour empêcher son cousin d'être l'instrument
de la haine d'une femme parjure, il eut même
une entrevue avec lui à ce sujet; mais tout fut
inutile. Le mariage de Cesario avec Louise se
célébra peu de temps après.

Selon les usages corses, le fiancé et la fiancée ne peuvent jamais, sous quelque prétexte
que ce soit, violer la foi jurée par abbraccio,
puisque, à leur point de vue, c'est le consentement mutuel qui seul lie les époux. Si le fiancé
meurt après l'abbraccio, mais avant la consé-
cration du mariage à l'église, sa fiancée est

considérée comme veuve et doit se soumettre au
deuil consacré par les coutumes; c'est celui des
femmes qui ont perdu leur mari. La première
année, elle doit être entièrement vêtue de noir
depuis les pieds jusqu'à la tête et ne jamais
sortir de la maison ; ses cheveux sont cachés
avec le plus grand soin, et des personnes dignes de foi nous ont affirmé qu'il était d'usage anciennement de se teindre les dents et les
ongles en noir. La seconde année, elle peut
laisser apparaître ses cheveux et introduire
quelques objets de couleur dans sa toilette ;
puis,

> Sur les ailes du temps la tristesse s'envole,
> Le temps ramène des plaisirs.

Si, au contraire le mariage a été consacré, la
femme peut commettre le délit d'adultère sans
déshonorer son mari ; elle peut le quitter, co-
habiter avec un autre homme même publiquement, sans que le mari soit obligé, par les
mœurs du pays, d'entrer en vendetta avec lui;
la femme qui, dans ce cas, a manqué à ses devoirs, se déshonore seule et ne peut rendre son
mari ou sa famille responsable de sa honte. Elle
avait deux chemins à prendre, celui de la vertu

ou celui du vice ; elle a choisi ce dernier, elle est tombée sous le mépris public et n'est pas digne qu'un homme d'honneur expose sa vie, puisque la mort ne lui rendrait pas l'estime publique qu'elle a perdue à tout jamais. C'est pour cela que les secondes noces sont toujours d'un mauvais œil en Corse; car, comme le dit Tacite : *Ne tanquam maritum, sed tanquem matrimonium ament.*

Le soir même de son mariage, Cesario se disposait à se mettre au lit, lorsqu'il entendit un léger bruit à la croisée ; il voulut ouvrir, pensant que c'était des musiciens qui venait lui donner la sérénade. Sa femme lui cria : « Malheureux, garde-toi d'ouvrir ! » mais il était trop tard ; une balle de Gallocchio l'avait atteint au front et l'étendit sans vie sur le plancher.

Cette dernière vengeance assouvie, Gallocchio prit la campagne et ne chercha point à tuer les six frères de Cesario, bien qu'ils le traquassent avec l'aide de la gendarmerie.

D'autre part, comme il était condamné par contumace à la peine de mort et que l'extradition avait été obtenue avec les pays voisins, il lui était impossible de se rendre ou de fuir. Néanmoins, les gendarmes ne s'acharnaient point à sa poursuite, car ils savaient bien qu'ils ne réussiraient point à l'atteindre et qu'il n'était point d'humeur à se laisser inquiéter. Des amis dévoués s'intéressèrent à lui, l'autorité ferma les yeux, et il put se rendre à Athènes, où il prit du service dans l'armée de l'indépendance. Lorsqu'il était sur le bateau qui devait le conduire en Italie, des voltigeurs corses se présentèrent pour s'assurer que le capitaine ne transportait aucun bandit. Ils ne firent qu'une perquisition sommaire, sur l'assurance que leur donna le capitaine, dont la bonne foi, d'ailleurs, était entière, qu'il n'avait aucun suspect à bord.

Cependant, un petit mousse avait reconnu Gallocchio, et en jouant sur les mots, il s'écria: « Nous avons un petit coq qui est transi comme une poule mouillée ». Il était, en disant cela, auprès de la cage à poulets et personne n'y fit attention; heureusement pour le bandit !

Sur le même bateau, se trouvaient plusieurs officiers qui venaient défendre la cause des Hellènes; la conversation devint intime entre eux, et Gallocchio dut se nommer. Cependant, lorsqu'il arriva à Athènes, il n'osa pas se présenter au général Tiburce Sebastiani, qui commandait en Morée. Sans protecteur, il devint officier et sut mériter l'estime de ses supérieurs et l'affection de ses camarades. Il semblait être heureux dans sa nouvelle patrie, lorsque dans les premiers jours de l'année 18... le hasard fit tomber entre ses mains un journal de la Corse. Il lut que son jeune frère, âgé de neuf ans à peine, venait d'être assassiné traîtreusement par l'un des six frères de Cesario. A cette nouvelle, il entra dans un accès de fureur insensée, car la famille de Cesario venait de violer sur la personne de cet enfant toutes les règles de la vendetta. Aussitôt, il donne sa démission et rentre en Corse. La nuit même de son arrivée, il rencontre un de ses cousins, celui peut-être qui a tué son frère; il va le tuer, lorsqu'il s'aperçoit qu'il est blessé. Il s'approche de lui, panse sa blessure et lui dit : « Tu es incapable de te défendre à cause de tes blessures, tu n'as rien à craindre de moi maintenant, mais après ta guérison nous nous rencontrerons. »

Quelques jours plus tard, Gallocchio se trouva en présence d'un autre frère de Cesario; ils étaient armés tous les deux, ils firent feu en même temps, mais aucun ne fut atteint. Ils se jetèrent alors l'un sur l'autre, le stylet à la main, luttant avec une énergie incroyable. Enfin Gallocchio, qui est plus leste, parvient à lui enfoncer son arme dans la poitrine : il l'étend raide mort.

Des six frères de Cesario, Gallocchio en tua quatre; les deux autres n'échappèrent à sa vengeance que parce qu'ils étaient détenus dans la prison de Bastia, en raison de l'assassinat qu'ils avaient commis sur son jeune frère.

Gallocchio a été tué en 1845, alors qu'il était miné par la fièvre et par les fatigues, par un misérable du nom de Lento Casanova, qui avait été acheté par ses ennemis, et qui lui fracassa la tête avec une hache pendant qu'il dormait. Ce vil meurtrier est exécré dans le pays et, si nos renseignements sont exacts, il a été tué par ses compatriotes.

Gallocchio possédait les sympathies d'un grand nombre d'insulaires; ses malheurs, son courage, sa probité et sa piété en avait fait d'idole des Corses. Ils chantèrent des *lamenti* en son honneur, et il est resté comme le type le plus parfait et le plus infortuné de ces hommes mis hors la loi pour un faux point d'honneur.

Il a laissé ses mémoires, écrits en italien; on y remarque beaucoup d'ordre et d'exactitude. Le style est pittoresque et nerveux. Il les a légués à M. Arrighi, conseiller de la Cour impériale à Bastia (1).

FIN

---

(1) Recueillie par Léonard de Saint-Germain, *Itinéraire d'un Voyage en Corse.*

TABLE DES MATIÈRES

Grande Imprimerie de Troyes, 126, rue Thiers